講談社文庫

アンマーとぼくら

有川ひろ

JN043282

講談社

目次

アンマーとぼくら

首里城の再建を祈りつつ
（令和二年八月十二日）

今際《いまわ》の際《きわ》に、母は苦しい息の下からこう言った。

「お父さんを許してあげてね。お父さんは、ただ、子供なだけなのよ」

母の遺言、ということになるのだろうか。

その遺言の意味をぼくが本当の意味で知ったのは、母を見送ってから数年後のことだった。

一日目

＊

「リョウちゃん！」

不意に子供の頃の呼び名で呼ばれて、ぼくは目を覚ました。

呼びかけたのは、ぼくのおかあさんだった。

「ごめんね、随分待たせちゃった？」

まるで赤ちゃんをあやすようにぼくの目の前でぱらぱら手を振ったおかあさんに、激しい記憶の混乱が巻き起こった。

「どうして、――」

寝起きのにぶった脳細胞から複数の疑問が同時に湧き上がる。

ここはどこ、

ぼくはだれ（ぼくはリョウちゃん）、

あなたはだれ（あなたはおかあさん）、

あなたがなぜ、

取捨選択をかける前にぼくの口を衝《つ》いて出たのは、

「どうして、おかあさんがここに？」――だった。

おかあさんが唇を尖《とが》らせる。

「いやだわ、寝ぼけてるの？」

御年五十と少し、しかし五歳までならサバを読んでも許されるくらいには快活な、おかあさん。

「リョウちゃんが帰ってきたから、迎えに来たんじゃないの」

突然、音と景色が追い着いてきた。

飛行機の発着アナウンス。

カラフルなサムソナイトを引いた楽しげな旅行客の群れ。

これから沖縄を巡る人々の期待と、これから沖縄を発つ人々の名残惜しさ。楽しげなお喋《しゃべ》り、お喋り、お喋り——が重なって、浮き立つような喧噪《けんそう》。

——那覇《なは》空港は、いつもこうだ。

ビジネスマンより旅人が圧倒的に多く、華やいだ活気が溢《あふ》れている。

そんな人々をベンチから眺めているうちに、ぼくはうとうとしてしまったらしい。

「ええと……」

起き抜けでぼんやりした頭を何度か振るが、記憶はなかなか立て直せない。

「……俺、何の用で帰ってきたんだっけ？」

「いやだ！」

おかあさんはぷぅっとほっぺたを丸く膨らませた。

「おかあさんのお休みに付き合ってくれるって約束したじゃない。里帰りして三日間沖縄で過ごすって」

ああ――そうだ、そうだった。

ぼくは、おかあさんの休暇に付き合うために、沖縄に帰ってきたのだ。

「ひどいわ、忘れちゃったの？」

「いや、違うよ、ごめん」

一瞬、忘れたのは事実なのだが、

「ちょっとぼーっとしちゃって。時差かな」

「やだ」とおかあさんは吹き出した。

「東京と沖縄で時差なんかあるもんですか」

ぼくの冗談は何とかお気に召したらしい。

「疲れてるんじゃないの？　顔色がよくないわよ。最近、仕事のほうは大丈夫？」

最近、仕事のほうは。訊《き》かれて最近の仕事のことを思い返そうとするが、まるで霞《かすみ》がかかったように曖昧《あいまい》な記憶しか浮かばなかった。雑然としたオフィス、それに輪をかけて雑然としたデスク、鳴り響く電話……ぼくはそんな中、休暇に入る前にどんな仕事をしてたっけ？

でもまあ、こうして無事に沖縄に来られたのだから、何とか諸々片づけてきたには違いない。もしかしたら、誰かに嫌味のひとつも言われたかもしれないけど。

「無理なんかしてないでしょうね？」

「大丈夫だよ、ぼちぼちやってるよ」

事実を多少粉飾しても、ここは親を安心させるコメントを採択するのがせめてもの親孝行というものだ。

ならいいけど、とおかあさんはほっとしたように笑った。

「ごめんねぇ、リョウちゃんの飛行機が着くのに間に合うように家を出たんだけど。羽田からの飛行機が二十分も早く着くなんて」

羽田から沖縄へは向かい風で飛ぶことになるので、到着は定刻で上々というところ。二十分も巻きが入るのは珍しい。

「きっと、久しぶりにリョウちゃんが帰ってくるから、沖縄が歓迎してくれたのね」

「そんな大層な歓迎をしてもらえる覚えはないなぁ」

むしろ、不義理を重ねたぼくなど意地悪をされかねない。

「行こうか。車、駐車場に駐《と》めてあるから」

おかあさんは意気揚々とぼくのボストンバッグを担いだ。「いいって、自分で持つよ」とぼくは慌てて取り返す。

「あら、おかあさん、けっこう力持ちなのよ」

「知ってるけどさ」

特に、スーパーのタイムセールに行き合わせたときの火事場の馬鹿力といったら、呆気《あっけ》に取られるほどだ。しかし、こちとら三十二歳・働き盛り・筋骨隆々《きんこつりゅうりゅう》——とまではいかないが、中肉中背よりはややたくましい男だ。アラフィフの淑女《しゅくじょ》に鞄《かばん》持ちなどさせていたら、周囲の白い目が痛すぎる。

無事に鞄を取り戻し、ぼくらは立体駐車場に向かった。

おかあさんの足取りは、軽い。まるで躍るようだ。

「おかあさん嬉しくって。リョウちゃんが里帰りしてくれるなんて何年ぶりかしら」

「就職してから一回帰って……」

「ゆっくり帰ってきたのは、それきりよ」

東京に進学して就職もそのまま東京だった。就職して五年目だったか六年目だったかに一度泊まりで帰ったが、それ以外は忙しさにかまけて、年に一度日帰りするだけだった。

「薄情なんだから、もう」

「ごめんって」

恋人でも母親でも、女の人は根に持つとなかなか長い。

「それに、おかあさんのことは東京にも何度も呼んだだろ」

「でも、やっぱりたまには家に帰ってきて、泊まってほしいじゃないの」

「だから今回は親孝行するつもりで帰ってきたんじゃないか」

と、おかあさんの躍るような足取りが止まった。見ると、少し涙ぐんでいる。

ありがとね、と呟《つぶや》いた声は、ようようぼくの耳に届くくらいだった。

「……ごめん。ちょっと帰らなさすぎたね」

向かい風を飛ぶはずの飛行機が、定刻より二十分も早く着いたのは、おかあさんに早く息子を会わせてやろうと頑張ってくれたのかもしれない。

立体駐車場への渡り廊下に出ると、いきなり真夏のような強い日差しが目を射した。

「あっつ！」

気温のほうも東京の残暑並み。ぼくがあくせくコートを脱いでいると、おかあさんがころころと鈴のような笑い声を上げた。

「コートはまだ大袈裟よ」

「東京と季節がひとつ違うよなぁ」

気温差を考えて、東京ではそろそろ心許《こころもと》ないときもある軽いコートを羽織ってきたのだが、おかあさんは長袖のシャツを一枚羽織っているだけだ。周囲にはまだ半袖の人もたくさんいる。

おかあさんの愛車である水色の軽自動車は、立体駐車場の屋上にちょこんと駐めてあった。交通網が発達していない沖縄で、自動車は重要な市民の足だ。車がないと、沖縄暮らしはとても不便なものになる。

那覇市内には一応『ゆいレール』というモノレールが走っているが、出来た当初は「一体何が出来たんだ」と市民は不審に遠巻きにしていたという。

ちょうどぼくが進学で沖縄を離れた頃で、おかあさんからも電話で訊かれたことがある。あれは一体どういうときに使えばいいのかしらねぇ？　どういうときも何も。「通勤とか外出とか、いくらでも便利に使えるじゃないか」と答えると、おかあさんの返事は「車があるじゃないの」だった。

別段おかあさんだけがすっとんきょうだったのではなく、それが大方の認識だったらしい。それまで鉄道というものがなかったのだから無理もないことではある。

当初は利用率もなかなか上がらなかったと聞くが、やがて「あれを使うと、渋滞に巻き込まれないらしい」と口コミが伝わり、市内の通勤・通学から広まって、無事に市民の足としての地位を確立したという（車社会の沖縄は、通勤・帰宅のラッシュは都会よりもひどいかもしれない）。

「お昼はおうちで食べようね、用意してあるから」

言いながら、おかあさんが車を出した。立体駐車場をくるくる降りて道路へ出る。

実家は、那覇の目抜き通りである国際通りから少し離れた住宅街だ。

「帰ってきたって感じがするなぁ、これ見ると」

ぼくが眺めたのは、路肩の雑木《ざつぼく》だ。オジギソウに似た葉っぱが茂る中に白い毛糸のポンポン玉のような花がずっと連なっている。道路脇、空き地、野山——沖縄の至るところで見かける。花が終わると、平べったい豆のような実をつける。よく見かけるが、名前は知らない。

「何て名前なのかな」

何の気なしに呟くと、おかあさんが横から答えた。

「ギンネムよ」

「ギンネムって、銀の合歓《ねむ》？」

「そうね、ネムノキに似てて白い花がつくから。ニブイギともいうのよ。沖縄の言葉で眠る木。夜になると葉を畳んで寝るから」

「詳しいなぁ」

「こう見えてもガイドだからね」

おかあさんは、那覇の小さな出版社で、ガイドブックを作る傍らガイドをしている。ガイドをする傍らガイドブックを作っているのかもしれないが。どちらが本業かは、おかあさんにも会社にもよく分かっていないらしい。

「懐《なつ》かしいなぁ。お父さんにも初めて会ったときに訊かれたのよ、あの白いポンポンみたいな花は何ですかって」

父とおかあさんの馴れ初めは、沖縄を訪ねた父のガイドをおかあさんが引き受けたことだった。

「わたしたちは見慣れちゃって、それまで気にも留めなかったけど、よそから来た人には珍しく見えるんだなぁって新鮮だったわ。ほら、あれも訊かれたのよ」

おかあさんが指さしたのは路肩の雑草で、ぶいぶいと生い茂って白い花をたくさんつけている。黄色い花心に丸い花びらが五、六枚というシンプルな形の花だ。沖縄では季節を問わず一年中咲いている花だが、確かによその土地ではあまり見かけたことがない。

「ただのセンダングサですよって言ったら、お父さんがセンダングサなら花は黄色いはずですよって食い下がって。違う種類じゃないですかって」

「あんな顔して花が好きだったからなぁ、親父」

「リョウちゃんはセンダングサって知ってる？　トゲトゲの種がつく……」

「知ってる知ってる」

子供のころはくっつき虫と呼んでいた。鋭い針の爆弾みたいな種がつく。ちくちく痛くて、服に刺さると抜けにくくてまいってしまう。

ぼくも、沖縄に来るまでは、花が黄色いくっつき虫しか知らなかった。

「お父さんがあんまり食い下がるから後で調べて教えたのよ。シロバナセンダングサっていうんだって。そしたら、ほら、やっぱり種類が違ったでしょうって勝ち誇って……センダングサなら黄色いはずですからって。悔しくなって、でもこっちじゃ白いセンダングサが普通ですからって、お客さんだったのに少しむくれちゃった」

「親父、慌てたんじゃない？」

「一生懸命、おかあさんの機嫌を取ってくれたわ。お客さんに機嫌を取らせるなんて、ガイドとしては失格だったかも」

そのときを思い出したのか、おかあさんがくすぐったそうに笑う。

「その土地によって、土地の人が普通だと思ってる花が違うのが面白いですよねって。シロバナセンダングサは沖縄のスタンダードフラワーなんですねって」

「何だよ、スタンダードフラワーって」

だが、苦しまぎれにひねり出した造語は、おかあさんの琴線《きんせん》に触れたらしい。

「そう言われると、それまでただの雑草にしか見えなかったのに、地元の花なんだなって愛着が湧いてね。それがきっかけで、うちのガイドブックに沖縄でよく見かける植物を紹介するコーナーを作ったの。そしたら、すごく好評だったのよ。お父さんも写真を提供してくれて」

父は自然写真家だった。沖縄に来たのも、最初は風景写真の仕事だったという。

「これも載せましょう、あれも載せましょうって内地《ないち》じゃ珍しい草花や木をたくさん教えてくれて。夢中で作ってたら、お父さんとおかあさんが二人で作ってる植物図鑑みたいになっちゃった」

「それであんな冴《さ》えないおっさんにコロッと行っちゃったわけだ」

「おかあさんだって冴えないおばさんだったんだから」

ご謙遜。今だってけっこうきれいなおばさんの部類だ。——ぼくは、なかなか認められなかったけど。

おかあさんが運転する水色の軽が自宅に着いた。コンクリ打ちの中古住宅は風抜きの穴あきブロックを組み合わせた外壁で囲われている。沖縄特有の強風を逃がすためだが、最近ではこの様式の家は減ったらしい。

玄関先に、濃い飴《あめ》色のシーサーが二匹出迎える。一匹は小太りで愛嬌《あいきょう》のあるやつ、もう一匹は下手くそだがやけにド迫力。よく見ると、角が一本折れていて、接着剤でくっつけた跡がある。

「ごはん、すぐ作るから。リョウちゃんはお父さんに挨拶《あいさつ》してあげて」

ぼくは自分の部屋に荷物を置いて、父に挨拶するために居間に向かった。——居間には仏壇が置いてあり、位牌《いはい》と一緒に父の写真が飾られている。

開けっぴろげで、能天気な笑顔。——まるで無邪気な子供のような。

似てきたなぁ、と思いながら眺めた。

父に似てるってことは、決して世間一般でいうところの美男子ではないということだけど。無骨な輪郭《りんかく》は一昔前なら男らしいと誉めてもらえたかもしれないが、今どきの流行りではない。

「似てきたわねぇ」

冷たいお茶を持ってきてくれたおかあさんが、そう声をかけた。早くもエプロンを着けている。

「遺伝子の呪いでハンサムになり損ねたな」

「あらぁ！　お父さんはハンサムよ、リョウちゃんだって。ちょっと今どきじゃないけど」

「流行から外れてる顔はハンサムって言わないだろ」

「おかあさんには二人ともハンサムだから大丈夫。それに、いつの時代もマニアっているものよ」

「俺らの顔はマニア向けかい！」

「……ちょっと間違ったかしら」

おかあさんはときどき物言いが乱暴で困る。

「それにしても居間に仏壇って存在感ありすぎじゃない？　親父の部屋に置けばいいのに」

「お父さん、寂しがり屋だったもの。きっと居間のほうが喜ぶわよ。テレビも一緒に観られるし、おかあさんも寂しくないし」

何の気なしの様子でそう言ったおかあさんは、台所のほうへぱたぱた戻っていった。

ぼくは仏壇の前に座り、鈴《りん》を二回鳴らした。手を合わせて目を閉じる。

いい奥さんをもらったね、親父。――今ならあんたがあの人に惹《ひ》かれた理由がよく分かるよ。昔のぼくは、あの人が嫌いだったけど。

あの頃のぼくは、おかあさんも、沖縄も、大嫌いだった。

それは、おかあさんのせいでも、沖縄のせいでもなかったのだけど。


拝み終わって、おかあさんの出してくれた冷茶を手に取ると、琉球《りゅうきゅう》ガラスのコップがもう汗をかいていた。

一息に飲み干す。

レモンイエローのお茶は、沖縄スタンダードティーのさんぴん茶だった。

＊

ぼくの実の母が亡くなったのは、ぼくが小学校四年生の頃だった。

札幌《さっぽろ》の小学校で、先生をやっていた。小学校でも評判の美人先生だった。美人で、優しくて、学校中の人気者だった。

学校では先生と生徒だから、馴れ馴れしくしたら駄目よ、と言い聞かされていた。ぼくは坂本先生と呼ぶし、お母さんは坂本くんと呼ぶ。受け持ちの学年が違うから、滅多に学校で呼びかけ合うことはなかったけど、それでもぼくたちが親子であることはみんな知っていて、ぼくは友人たちから「坂本先生がお母さんなんていいなぁ」と羨ましがられていた。

時折廊下で呼び止められて、こっそりと「おうちに帰ったらピーちゃんの餌《えさ》を出してあげてね。お母さん、出すの忘れてきちゃった」などと話しかけられると、何だかとてもくすぐったくて、誇らしかった。

ピーちゃんというのは、うちで飼っていた空色のセキセイインコだ。父がいつぞや酔った勢いでぼくへのお土産として買ってきて、母に随分叱られていた。まるで学校でとてもいけないことをした生徒を叱るときみたいだった。

「お酒の勢いで生き物を買うなんて乱暴なことをしたらいけません！　ちゃんと最後まで面倒を見る覚悟をして決めないと！」

生き物をいいかげんにするのはぼくのしつけに悪い、と、いつもより母は恐かった。父はしょんぼり正座で母のお説教を聞いていたが、もともと落ち着きがなくあまり我慢強いタイプではない。

「ごめんよぉ。名前はお母さんにつけさせてあげるからさぁ」

すっとんきょうな停戦協定に母はこらえきれず吹き出してしまい、お説教はそこでおしまい。インコはピーちゃんという名前を母から賜《たまわ》った。

飼いはじめると、結局母が一番ピーちゃんをかわいがっていたと思う。ピーちゃんを連れて帰った張本人はほったらかしだ。

「懐かないからかわいくなくてさぁ」

などと本人は供述しており、――いやいや世話しない人に生き物が懐くわけがない。

そんな父が母と知り合ったのは、修学旅行の写真がきっかけだった。

流氷や地吹雪《じふぶき》など北海道の自然風景を撮るカメラマンだった父は、駆け出しの若い頃は記念写真なども請け負っていて、修学旅行のカメラマンとして六年生の修学旅行に同行したという。

そして、その年の六年生は、母も担任していたというわけだ。

優しくて美人な先生に父はのぼせ上がり、修学旅行が終わっても猛アタックした。最初は困惑していた母も、やがてほだされた。

「あの人が写真を撮ると、子供たちがみんなとってもいい顔で笑うの」

ひょうきん者で明るい父は、子供たちに溶け込むのが上手かったらしい。

人物写真っていうのはな、と父はよく言った。

「結局は、気心が知れた人間が撮るときに、一番リラックスしたいい笑顔が出るんだ。だから、中途半端なプロより、家族が撮るほうがよく笑う。他人のカメラマンが勝つとしたら、短い時間で被写体の懐にどれだけ飛び込めるか、どれだけリラックスさせられるかだ」

きっと、その調子で母の懐にも飛び込んだのだろう。

美女と野獣なんて言われながら、父と母はとても仲睦《むつ》まじい夫婦だった。ぼくたちは、とても幸せな家族だった。

ずっと続くと無邪気に信じていた日々に、呆気なく亀裂《きれつ》が入った。

癌《がん》という、響きからして恐い病気が母を襲ったのだ。若かったために進行が早く、見つかったときはもう手遅れだった。

入院すると、母はみるみる衰弱していった。枯れ木のようにやせ細り、薬の副作用で髪も抜け、いつも毛糸の帽子を被るようになった。

それでも、ぼくがお見舞いに行くと、体を起こして嬉しそうに笑ってくれた。体調がいいときは、病院の中を少し散歩したりも。

ぼくは、母のベッド脇の小さい机で、学校の宿題をして帰るのが常だった。分からないところは、全部母が教えてくれる。病院は自宅から自転車で行ける場所にあったから、ぼくは毎日のようにお見舞いに行った。

そして、ぼくが帰る時間になると、母はいつも尋ねた。

「お父さんは元気？」

ぼくは、歯切れ悪く「うん」と答える。

「家のこともしないといけないから、忙しいみたい」

嘘だった。

母が入院して、家事は近所に住んでいる母方の祖母がほとんどやってくれていた。昼間のうちに掃除や洗濯を終わらせ、そしてピーちゃんの世話も。晩ごはんも作っておいてくれる。朝は自分たちで食パンを焼いて、晩のおかずの残りを食べる。

男二人で家に残されたぼくらがやらなくてはいけないことといえば、ごはんを食べ終えた後の食器の片づけくらいだった。

ぼくの家の家事まで引き受けて、忙しいはずの祖母でも、週に三度はぼくと一緒にお見舞いに来た。祖母が一人でお見舞いに行くこともあったらしい。

そんな中、父だけは滅多に見舞いに行かなかった。

休みの日などたまにぼくと行くことがあっても、そわそわと落ち着かず「ちょっとコーヒーでも飲んでくるよ」と喫茶コーナーに行ってしまう。

母の体調がいいときは一緒に喫茶コーナーに行くこともあったが、そうしたら今度は「その辺を見てくるよ」とぼくと母を置いてふらっとどこかへ行ってしまう。

そんなことを繰り返しているうちに、母は父のコーヒーについていかなくなった。無理もない、あんなに露骨に避けられていたら。

祖母は、そんな父に腹を立てて、親戚によく愚痴《ぐち》をこぼしていたらしい。

夜、父が帰ってくるまで待っていて「あんたも忙しいかもしれないけど、たまには見舞ってやってちょうだいよ」と直談判《じかだんぱん》することもあった。

父は「はあ」と生返事をするだけで、祖母が帰るとふて腐れたようにさっさと寝てしまう。そんなときは、まるで祖母に当てつけるように祖母の作った食事を食べず、買い置きのカップラーメンなどを食べていた。

あんなに母が好きだったのに、どうして父はこんなに冷たくなってしまったのか。子供心に腹に据えかねて、詰《なじ》るように訊いたことがある。

「病気になったからお母さんのことを嫌いになったの？　お見舞いとか付き添いとか、病気のお母さんはいろいろ面倒くさいから、嫌になったの？」

反応は劇的だった。

父はカッと目を見開き、憤怒の表情でぼくに向かって拳を振り上げた。ぶたれる。——ぼくはとっさに両腕で頭を庇《かば》った。

だが、拳は、振り下ろされなかった。

舌打ちが空気を切り裂き、目を上げると父が足音荒く踵《きびす》を返した。そのまま玄関へ。

「戸締まりしとけよ！」

力任せに閉められたドアは、中古の一軒家をビリッと雷のように震わせた。

父はその日、朝まで帰ってこなかった。


やがて、その日が来た。

母が危篤《きとく》に陥り、学校に報《しら》せが来た。祖母がぼくを迎えに来て、二人で病院に駆けつけた。

父には連絡がつかなかった。長期の撮影旅行に出ており、親戚が立ち寄り先すべてに片っ端から電話をかけてくれたが、摑《つか》まらなかった。

何でこんなときに撮影旅行なんて、と誰かが忌々《いまいま》しげに吐き捨てた。母がそろそろ危ないというのは、病院からも知らされていた。

父は結局、間に合わなかった。

母は、苦しい息の下から、ぼくに「リョウくん」と呼びかけた。

そうして、吐息のような声で囁《ささや》いた。――お父さんを許してあげて。

「お父さんは、ただ、子供なだけなのよ」

それが、最期の言葉になった。

父が帰ってきたのは、お通夜の始まる前だった。

父は棺《ひつぎ》の中の母を見て、号泣した。泣き声は、まるで獣が吠えるようだった。

ぼくは、一緒に泣けなかった。

それまでに泣いて、泣いて、泣きじゃくって、もう疲れてしまっていた。

どうして帰ってきてくれなかったんだよ、と父を責めることさえできないくらいに、体の中が空っぽになっていた。

号泣する父を眺める祖母や親戚の目は、氷の針のように冷たかった。

母が亡くなってから、父はしょっちゅう撮影旅行で家を空けるようになった。

父がいない間、ぼくは祖母のところへ預けられた。

帰ってくるときは、いつもお土産を持って帰ってきた。お土産を持って帰るのは、撮影場所が道内ではないからだ。

富士山を山梨から撮ったり静岡から撮ったり、信州《しんしゅう》の山脈を撮ったり、奥羽《おうう》の山中を撮ったり、そうかと思えば高知で青く澄んだ川を撮ったり、日本海の荒波を何ヵ所も撮って回ったり……でも、父は、北海道の景色はめっきり撮らなくなっていた。

そのうち、沖縄土産が続くようになった。

「信じられないほど海が青いんだ。北海道なんかじゃ絶対見られない色ばっかりなんだ。コバルトブルーとか、ターコイズブルーとか、エメラルドグリーンとか……太陽がピカピカで、地面に落ちる影がくっきり真っ黒で……北海道なんかとは全然違うんだ。冬だって、北海道なんかと違って寒くないし。北海道なんかもう雪が降ることもあるのに、沖縄はまだ半袖で歩いてる人がいるんだぞ」

焦がれるかのように沖縄の話ばかりするようになった父は、何かというと「北海道なんか」と言うようになった。

沖縄はそりゃあ温かくていいところかもしれないけど、ぼくは生まれ育った北海道が好きだし、父が北海道を「なんか」と言うのは面白くなかった。

「沖縄なんか、ハブがいるんだろ。恐いじゃないか」

父に対抗するように、ぼくも沖縄に「なんか」と言った。

「噛《か》まれたら、指が腐って落ちるんだろ。嫌だよ、そんなヘビが棲《す》んでるところ」

「バカだなぁ、ハブがいそうな場所に行かなきゃいいんだよ。それにお父さんが好きなのは海なんだから。海にハブはいないだろ」

「でも海にはウミヘビがいるんだろ」

ぼくはすかさず切り返した。

「エラブウミヘビは、ハブの何十倍も毒があるんだろ？　北海道の海にはウミヘビはいないよ」

「エラブウミヘビはおとなしい蛇だから、こっちがちょっかい出さなきゃ襲ってきたりしないって」

父はすっかり沖縄の半可通《はんかつう》になっていた。

「今年はタンチョウは撮らないの」

毎年、冬に北海道へと渡ってくるタンチョウヅルは、父の得意な被写体だった。母も父が撮るタンチョウの写真が好きで、毎年楽しみにしていた。

「もう飽きた」

素っ気なく言い捨てる父に、ぼくは言葉を失った。

「北海道なんかつまらないよ、冬は寒いし」

どうしてあんなこと言うんだろ。祖母が晩ごはんを作りに来てくれたときにぼくが愚痴ると、祖母は鼻の頭にシワを寄せた。

「あんたのお父さんは根無し草だったからね。北海道が地元じゃないから土地に薄情なんだよ」

「根無し草？」

そのとき、初めて父の昔の話を聞いた。

父方の祖父母は早く亡くなった——という話しか聞いていなかったが、かなり込み入った身の上だった。父が小さいころに祖父母は離婚し、祖母が父を引き取ったが、祖母はあまり生活力がある人でなく——平たく言うと、男の人にぶら下がって生きるタイプの人だったらしい。

新しい恋人ができる度に、父を親戚の家に押しつけて出て行ってしまったという。父は親戚をたらい回しにされて、かなり辛い思いをしたらしい。

甲信越の高校を卒業してから家出のように上京して、好きだった写真の勉強をし、好きだった写真家に弟子入りした。

北海道の写真を撮りはじめたのは、たまたま自分の中にブームが来たらしい。何度も北海道に来るうちに、母と知り合って恋に落ち、その勢いで北海道に移り住んだという。

「あの子は優しい子だったからね。あんたのお父さんの身の上にほだされたんだろうよ。それなのにあの子が亡くなるときにはあんな……」

その先は、聞いていると辛くなるので、ぼくはそっと祖母から離れた。

ピーちゃんの籠《かご》の近くを通りかかると、ピーちゃんがばさばさ羽音を立てた。餌を取り替えていないことに気づいて、ぼくは餌箱を抜いて玄関に出た。餌箱を軽く吹くためだ。

ピーちゃんは細かい粟《あわ》の殻を器用にくちばしで割って食べるので、餌箱はいっぱいに見えても表面に積もっているのは殻だけだ。それを吹き飛ばして新しい餌を足してやらないといけない。

そんな世話の仕方も母が調べてぼくに教えてくれた。買ってきた父はほったらかしだった。餌箱をチラッと一瞥《いちべつ》しただけで「まだいっぱいあるじゃないか」なんて平気で言う。

お父さんは、ただ、子供なだけなのよ。

母は今際の際にそう言った。そう思わないとやりきれないことが父には多すぎる。それは、父と二人になってからよく分かった。

母は、看取《みと》ってくれなかった父のことも、そうして諦めながら逝《い》ったのだろうか。

それを思うとますます辛くなってきて、目頭からぽろりと一粒、涙が転がり出た。

明けたら五年生になる春休み、北海道はまだまだ残雪がうずたかかった。

そんな折、父が突然「沖縄に連れてってやるよ」と言い出した。

「せっかく春休みなんだからさ」

ぼくはずっと「北海道なんか、それに比べて沖縄は」と言われ続け、すっかり沖縄アンチになっていたのだが、父は言い出すと聞かない。

「宿題もあるし、ピーちゃんもいるしさ」

「宿題なら手伝ってやるよ。ピーちゃんはおばあちゃんが預かってくれるさ」

防戦空《むな》しく、数日後、ぼくは渋々機上の人になった。

「おい、リョウ、起きろ！　起きろ！」

眠りこけていたぼくを、荒っぽく揺すぶって起こしたのは、父だった。

「ほら、見ろ。こんな海、信じられるか？」

窓際に座っていた父が、ぼくに景色を見せるように体をよけた。父の体越しに窓のほうへ身を乗り出すと、眼下にはそれこそ信じられないような色の海が広がっていた。

お日様をキラキラ照り返す、窓いっぱいのコバルトブルー。島があるとその輪郭にターコイズブルーが差し、更に浅瀬をエメラルドグリーンが彩る。

テレビの中でしか見たことのない色の海が、惜しげもなく。

「キレイだろ⁉　この海を見せてやりたかったんだ！」

そう思うんなら、見やすい窓際を譲ってくれたらいいのに。――と思ったが、その頃にはもう、父は子供なんだからと諦めをつける癖がついていた。

飛行機が着陸し、ボーディングブリッジに一歩出ると、温かな空気が体にまとわりついてきた。家から着てきたダウンは暑すぎだ。

「まるで夏だね」

その日は特別温かくて、三月下旬なのに、もう春を飛び越して初夏が来てしまったかのようだった。

「中旬までは、まだまだ寒い日もあったんだけどな」

北海道の雪に覆われる寒さと違って、海から吹きつける風が体温を奪っていく寒さらしい。

「ダウン脱いどけよ、汗かくぞ。荷物持ってやるからさ」

父は機内からもうダウンのジャケットを脱いでいた。

ぼくも父に鞄を預け、歩きながらもそもそダウンを脱いだ。

父は勝手知ったる様子で到着ゲートに向かって歩いていく。

荷物は機内持ち込みだけだったので、手荷物のターンテーブルは待たずにゲートを出た。――出た途端に、父が大きく手を振った。

思わず父の顔を見上げると、とても晴れやかな笑顔だった。まるで、機内から見た、お日様の弾《はじ》ける明るい海のような。

こんな笑顔、母が生きている頃しか――

と、父に手を振り返した人がいた。すっきりとしたジーンズ姿の女の人だった。

とっさに母と比べた。

母とはタイプが違うけど、きれいな人だった。きれいというよりは、かわいい？

「ハルコさん！」

晴れの子供と書いて晴子さんであることは、後に聞いた。

父は晴子さんに駆け寄って、嬉しそうに両手で握手をした。

「こいつが息子です！　リョウって呼んでやってください！」

そして父は、ぼくのほうを振り向いた。

「この人は、晴子さん。お前の新しいお母さんになる人だよ」

呆気に取られて、言葉もなかった。

でもその分、目玉がぼくの言葉を代弁していたのだろう。晴子さんは、気兼ねするような目で父を見た。

「あの、坂本さん。やっぱり、ちょっと急すぎたんじゃ……」

「坂本さんなんて、そんな。いつもどおりカツさんって呼んでくださいよ」

いつもカツさんと呼んでいるのなら、この場で父を坂本さんと呼んだ晴子さんは、父と違って空気の読める、常識のある大人のひとだ。

だが、そんな常識のある態度さえも気に食わなかった。横に並ぶと父の非常識さが炙《あぶ》り出されて、まるで父が晒《さら》し者になっているかのようだった。

「ほら、リョウ、挨拶は」

父に促されたが、ぼくは黙りこくって身動きひとつしなかった。

沈黙に耐えかねたのか、晴子さんのほうが手を差し出した。

「初めまして。沖縄へようこそ、リョウくん」

反射的に差し出された手を払いのけていた。

「リョウくんて呼ぶな！」

それは、母の呼び方だ。母が今際の際に、苦しい息の下から呼びかけた、その呼び方だ。

まだ、一年も経ってやしない。

「リョウ！　晴子さんに失礼だろ！」

怒鳴った父を、ぼくは目玉が血を噴《ふ》くんじゃないかというほど睨《にら》んだ。そんなふうに睨まれると思っていなかったのか、父がたじろいだように声を飲む。

その隙に、ぼくは全力でダッシュした。

どこへ？　そんなの知らない、分からない。
だが、それ以上そこにいることは、ぼくの心が耐えられなかった。

＊

いくら何でもあれは酷かったよ、親父。

心の中で文句を言うと、写真の開けっぴろげな父の笑顔が、テヘヘと少し悪びれたような気がした。

ぼくが沖縄と晴子さんを嫌いになるのも、無理からぬ話だと思う。

その後、空港の中をやみくもに逃げ回ったぼくは立ち入り禁止区画に入ってしまい、警備員にとっつかまった。

放送で呼び出しを食った父が晴子さんとすっ飛んできて、ぺこぺこ謝りながらぼくを引き取り、その後まるでぼくが悪かったみたいに叱られた。――確かに、立ち入り禁止の場所に入ってしまったのはぼくが悪かったけど、そもそも父がぼくに悪かったはずだ。

初対面なのに晴子さんに迷惑かけて、と父はあくまで晴子さん贔屓《びいき》。

急な話でびっくりしちゃったのね、ごめんなさいね、と謝ってくれたのは晴子さんだ。晴子さんは優しいなぁ、とやに下がっていた父がまた腹立たしい。

聞くと、晴子さんは、ぼくの母が亡くなったのがたった一年かそこら前なんて思いも寄らないことだったらしい。

もう何年も経っていて、息子のぼくも父の再婚について気持ちの整理がついていると思っていたという。

再婚は息子さんの気持ちの整理がついてからにしたほうがいいんじゃないでしょうか。

晴子さんはそう言ったが、父の燃え上がる気持ちは止まらなかった。

だってもう、札幌の家も売れちゃいましたから。

何ということを！　と父の後頭部をはり倒せるものならはり倒したかった。

母の思い出がまだ濃厚に残っている家を、ぼくにたった一言の相談もなしに売りに出すなんて！

晴子さんは観光の予定を色々考えてくれていたらしいが、もちろん全部キャンセル。

ぼくはホテルで父と大喧嘩《おおげんか》になった。

何で、勝手に売っちゃうんだよ！

何でって、と父は心底意味が分からないというような顔をした。

お父さんの名義の家なのに、何でお前に相談しなきゃいけないんだ？

本当に、こう言った。

お母さんの思い出だって残ってるのに！

食い下がったが、無駄だった。

いつまでも過去にしがみついてたって仕方がないだろ、お母さんは死んじゃったんだから。人は、未来に向かって生きないと。お前にも新しいお母さんが必要だ。その点、晴子さんなら……

ぼくにもお母さんを選ぶ権利がある！　あんな人イヤだ！

——今にして思えば、確かにこの言い分は乱暴だったと思う。ぼくは、少しばかり小賢《こざか》しい子供だったので、父を理屈で言い負かそうとしたのだ。

ぼくは新しいお母さんなんかほしくない。素直にその気持ちをぶつければよかったのだ。

何様のつもりだ！　——と、父はぼくを怒鳴りつけた。

人を選別する権利なんか誰にもない！

その言い分だけ聞けば、確かに正論だ。だが、これも子供が振り回す正論のように乱暴だった。ごめんで済めば警察はいりません、的な。

そして、子供と子供の喧嘩は、より子供なほうが勝つのだ。

子供と子供の喧嘩は、いつでも揚げ足を取った者勝ちで、ぼくは小賢しく理屈で父を言い負かそうなどとしたせいで、決して覆せない揚げ足を取られた。

札幌の祖母や親戚は父の決断に薄情なと激怒したが、父はもう母の親類の言うことなど、どこ吹く風だった。

どうせ、あの人たちはお父さんのことが嫌いだしな。――もしかすると、母の最期に関しての祖母たちの怒りも、父の心を沖縄と晴子さんへと向かわせた一因だったのかもしれない。

祖母たちの怒りは間違っていない。むしろ、正当なものだ。だが、甘えん坊な子供は、厳しい大人と優しい大人だったら、優しい大人に懐くのだ。

母の思い出が染み込んだ札幌の家は、速《すみ》やかに人手に渡った。

ピーちゃんは、祖母の家に置いていくことになった。沖縄まで連れていくのが大変だから。晴子さんも仕事があってペットを飼うのは難しいから。

ぼくは一人でピーちゃんを渡しに行った。父はもう必要最低限しか祖母に会わなくなっていたからだ。

あの人は、あんたをお墓参りにくらいは連れて帰ってくれるんだろうね。

もちろん――と返事ができないのが恐い。

お願いしてみる。

それが精一杯だった。結果的に、ぼくは毎年一度は母のお墓参りができたのだが、それは父のおかげというよりも、帰るように促してくれた晴子さんのおかげだったと思う。

新しいお母さんにいじめられたら、帰ってきていいんだからね。

だから、祖母のその心配ばかりは、見当外れだったことになる。

「リョウちゃん、ごはんできたわよ」

おかあさんがそう呼んだ。

晴子さんを、おかあさんと呼ぶようになったのは、いつからだったっけ……

座卓にパスタ皿で出されたのは、海ぶどうを天盛りにしたそうめんだった。

「何これ。そうめんチャンプルーに海ぶどう？」

最近はすっかり有名になった沖縄料理のチャンプルーは『ごちゃ混ぜ』という意味で、具材を油で和えたり炒め合わせると、何でもチャンプルーになる。もう全国的に有名なゴーヤーチャンプルーに豆腐チャンプルー、麩《ふ》チャンプルーという具合だ。

そうめんチャンプルーは、おかあさんが土曜や休みの日のお昼によく作ってくれた。

「前にお店で食べたのがおいしかったから、真似《まね》してみたの。どうかしら」

そうめんには、シソやミョウガなどの薬味がからみついていた。冷やした麵を油で和えたらしい。翡翠《ひすい》色の粒がみっしり生《な》った海ぶどうと一緒にすすり込む。

何だかハイカラな味がした。

「オリーブオイルとポン酢で和えたのよ」

ハイカラの由来はオリーブオイルだ。そうめんが冷製の細いパスタみたいになっている。でも薬味とポン酢の和風が利《き》いている。

麺の味つけは薄いが、海ぶどうの海藻っぽい塩気が加わるとちょうどのバランスだ。

「旨いよ、これ。店で出せそう」

「お店のはもっとおいしかったのよ」

謙遜しながらも、おかあさんは自分ですすり、出来はまんざらでもなさそうだ。

「シークワーサーでもいけるんじゃやない？」

「いいわね、試してみたいなぁ」

箸休めには、島らっきょうとベーコンを炒めたのが出た。

「懐かしいなぁ、これ」

「簡単よ、自分でも作ればいいのに」

「東京じゃ買えないよ」

沖縄のアンテナショップなら買えるが、値段は現地の三倍はする。

「リョウちゃん、好きだったから作ってみたの」

好きだったというより、好きになったというほうが正しい。初めて沖縄に来た頃は苦手な食材だった。ピリッとした辛さと癖のあるにおいが、初めてこの野菜を食べる子供の身には強烈すぎたのだ。

だが、父はこれが大好きで、頻繁《ひんぱん》に食卓に上った。それも、生をかつお節と醤油《しょうゆ》で食べる野趣溢れた食べ方が好きで、困ったことに晩酌が進んで酔っ払うと、ぼくにも執拗《しつよう》に食べろ食べろと勧めてくるのだ。

　このうまさが分からないなんて人生を損してるぞ、という言い分だったが、ぼくの人生の損得は、ぼくが決めるので放っておいてほしい（もっとも、酒を飲めるようになると、父の言い分も頷《うなず》けるようになったが）。

　ともあれ、毎度父に絡まれて辟易《へきえき》していたぼくを見るに見かねて、おかあさんは島らっきょうをベーコンと炒めてくれた。油で炒めると独特のにおいと辛みが和らいで甘味が出る。子供が好きなベーコンと合わせているので、更に食べやすかった。

「スパゲッティにしても旨かったよね」

　そうめんチャンプルーと並んで、お昼ごはんの定番だった。

「今でもときどき作るわよ。おかあさん一人のときは、かつお節とお醤油で炒めるんだけどね」

「ベーコン苦手だっけ？」

「年を取ると脂《あぶら》が重くてねぇ」

　見かけは若々しくても、やはり年は取ってるんだなと、離れていた時間の長さが胸に迫った。

　食べ終えると、そろそろ正午という頃合いだった。

「さて、じゃあ、観光に行こうか」

「ガイドでしょっちゅう行ってるだろ、飽きない？」

「それは仕事だから、おかあさんの観光じゃないもの」

食べ終えた食器を片づけて、また水色の車で出発だ。

「どこ行くの？」

「斎場御嶽《セイファーウタキ》！」

「それはまた……」

定番中のド定番だ。本島の南部にある史跡で、琉球王国最高の聖地。ぼくが初めて行ったときは、まだ世界遺産なんて制度自体が誕生していなかった。

御嶽《ウタキ》というのは、沖縄で信仰されている神様や祖先の霊が降りてくる聖地のことで、斎場御嶽は琉球を創った女神アマミキョが国の始めに作ったという。

「寝てていいよ、飛行機長くて疲れたでしょう」

車を出したおかあさんに「大丈夫」とは言ったものの、小さな渋滞に引っかかって流れる景色が停滞すると、眠気がゆるやかに押し寄せてきた。

父は札幌の家を売ったお金で、沖縄に家を買った。

＊

沖縄の家を晴子さんが見つけておいてくれたのと、札幌の家を買った人が早く明け渡してほしいと希望したことから、ぼくはわずかな春休みの間に那覇の小学校に転校まで済んでしまった。

晴子さんは働き者で、仕事をしながら引っ越しの荷物をてきぱき片づけ、家の中を調えた。

ごはんもぼくらが沖縄に越してきた初日から、とっちらかった台所で作ってくれた。

「ごめんね、簡単なものしかできなくて。お口に合うかしら」

そう言いながら初めて作ってくれたのは、そうめんチャンプルーだった。

ぼくの身の周りには、そうめんを炒める文化がまったくなかったので、焼きそばのように炒めて出てきたそうめんに、かなり面食らった。

初めてのそうめんチャンプルーはおいしかったのだけど、ぼくは晴子さんアンチの沖縄アンチになってしまっていたので、食べながら「そうめんを炒めるなんて変だ」と文句をつけた。

晴子さんがしょんぼりしてしまい、父がこらっとぼくを怒った。

「多様な食文化を認められないようなちっちゃい男に育てた覚えはないぞ。お父さんなんか外国で虫を食べたことがある！　お前も武者修行に行くか!?」

武者修行に連れて行かれては敵《かな》わない。「まずいとは言ってない」と残さず食べた。

「リョウちゃんの好きな食べ物は？」

初対面でリョウくんと呼ばれたぼくが激昂《げっこう》したことを慮《おもんぱか》ってか、晴子さんはぼくのことをリョウちゃんと呼ぶようになった。

「お母さんの作った卵焼き」

ぼくはいつもそんなふうに答えて、晴子さんを困らせた。

「おばさんの作った卵焼きじゃ駄目かなぁ」

その頃、晴子さんはぼくに自分のことを「おばさん」と言っていた。父は不満そうだったが、晴子さんに言い含められていたのか、何も言わなかった。ただし、ぼくが嵩《かさ》にかかって晴子さんをおばさんと呼ぶと怒るので、ぼくからは晴子さんと呼ぶことで妥協点を取っていた。

「悪くないけど、お母さんのじゃないから」

一体ぼくはなんてかわいげのない連れ子だったんだろう。ぼくが晴子さんなら心が折れる。

しかし晴子さんはくじけない人で「そっかぁ、悪くないかぁ。参ったねえ」なんてたははと笑い、「精進します」と敬礼などしておどけていた。

当時のぼくは、沖縄の何もかもが気に入らなかった。開けっぴろげに輝く太陽も、海風が連れてくる湿気も、スコールのような強い雨も、ピリッと辛い島らっきょうも、苦いゴーヤーも、ツンと癖のあるにおいがする市場の雑多な喧噪も、市場に当たり前のように並んでいる豚の顔の皮も、これを食べるなんて信じられないようなカラフルな色の魚も。

学校の同級生は、みんなぼくと違うイントネーションの言葉を喋る。標準語ベースに油断していると〝てーげー〟とか〝ちばりよー〟とか知らない言葉が混じる。

みんなが当たり前のように知っていることを、ぼくだけ知らない。ぼくだけが取り残されたまま、学校のお喋りは流れていく。

分からないから教えて、と言うことが悔しくて、言葉少なく過ごしていた頃、一人の男子が「なあ、サカモト」とぼくに話しかけてきた。

いつも賑《にぎ》やかで、男子がふざけるときはそいつが必ず中心にいた。金城《きんじょう》という苗字で、みんなに金《きん》ちゃんと呼ばれていた。

転校してきたときぼくは一頻《ひとしき》りからかわれたのだけど、一頻りで気が済んだらしく、その後は別段絡まれたりすることもなく平和的にやっていた。

「北海道ってどんなとこ？　俺んちさぁ、ゴールデンウィークに家族旅行で北海道に行くんさぁ」

北海道のことを訊かれたのが嬉しくて、ぼくは張り切った。

「北海道のどの辺に行くの？　北海道っていっても広いからさ」

「富良野《ふらの》。母ちゃんがラベンダー見たいってよ。有名なんだろ？」

「有名だけど、ゴールデンウィークじゃまだ咲いてないよ。まだ雪が溶けたばっかりだもん」

ふぇっ⁉　と金ちゃんは目を丸くした。

「マジかー」

「マジマジ。気温低かったらまだ道路凍るもん」

「半袖ムリ？」

「ムリムリ。こっちの冬のつもりで行けよ」

金ちゃんはうぇっと首をすくめた。

「そんな寒いと大変だなー。ゴールデンウィークでも冬服とか不便じゃねえ？」

「そんなことないよ、夏は涼しくて沖縄なんかより過ごしやすいし」

ぼくはまだ沖縄の夏は体験していなかったけど、晴子さんから夏の暑さについては聞いていた。夏場、沖縄の人は歩いてほんの十分の距離でも車を出したがる。十分も歩くと脳天が灼《や》けて倒れそうなほど暑いからだ、と。

「沖縄なんか、すぐ日射病になっちゃうだろ。クーラー代もかかるし、もったいないじゃん」

「でも、沖縄は冬あったかいしさぁ」

「その代わり雪降らないだろ。札幌の雪祭りとかすごいんだぜ、家みたいなでっかいピカチュウやドラえもん作ってさ。沖縄なんかそんなの見れないだろ」

「そうだけどよぉ……」

金ちゃんは顔をしかめた。

「お前、沖縄なんかって言うなよ。感じ悪いわ」

はっとした。

沖縄なんかと言ってしまったのは、父に「北海道なんか」とたくさん言われていたからだ。

ぼくは、父に「北海道なんか」と言われてイヤだなと思っていたのに、金ちゃんに同じことを言ってしまった。

「ごめん」

「ま、いいけどよ。お前もまだ北海道が恋しいんだろうしよ」

で、と金ちゃんは話を戻した。

「ラベンダーなかったら、富良野ってどうしたらいいんだ？」

「チーズ工場とかあるよ。牧場も。ソフトクリームとかじゃがバターとか」

「そりゃいいな。ラベンダーよかずっといいや」

ぼくは、沖縄なんかと言わないように気をつけながら、北海道のいいところを説明した。

その日の放課後、金ちゃんは家に遊びに来いよと誘ってくれた。

「今日、母ちゃんがおやつにチンビン作るって言ってたから。食わせてやるよ」

「チンビン？」

「チンビンはチンビンさぁ」

金ちゃんは当たり前のようにそう言って、食えば分かるとばかりに説明はしてくれなかった。

「家帰ってから、ウタキの公園に自転車で集合な。俺んち、あそこからすぐなんだ」

「ウタキって？」

「ウタキはウタキさぁ」

やっぱり金ちゃんは当たり前のようにそう言って、説明はしてくれなかった。ぼくもそれ以上は食い下がって聞けなかった。

公園と言ったので、見当がついたつもりにもなっていた。学校の近くに、小学生がよく遊んでいる広い児童公園がある。きっとそこのことだろう。

家に帰ると、父が居間でカメラの手入れをしていた。ぼくが触ったら怒られる高いやつだ。

「ただいまー！」

「おお、何だ。今日は機嫌がいいな」

父が笑ってそう答えた。

「何かいいことあったのか」

「友達の家に遊びに行くんだ」

「友達できたのか！」

父はますます嬉しそうに笑った。

「毎日ふて腐れた顔してるから、友達できないんじゃないかって心配してたんだぞ」

確かにその頃、ぼくは潑剌《はつらつ》としていることが少なかった。

望まない土地に連れて来られて、むりやり新しいお母さんをあてがわれて、学校では馴染みのない文化の中でヘマをしないように当たり障りなくやり過ごして、その頃のぼくは楽しいと思うことがめっきり少なくなっていた。

そんな中、金ちゃんに誘ってもらえたことは、久しぶりに気持ちが浮き立つ出来事だった。

自転車に乗って児童公園へ。一巡りしたが、金ちゃんはまだ来ていなかったので、来たらすぐ分かる入り口のところで自転車を駐めて待った。

ところが、いつまで待っても金ちゃんは来なかった。

夕焼けが来て、子供たちが三々五々と帰っていっても、まだ来ない。

浮き立っていた気持ちが、急速にしぼんでいった。

夕焼けが褪《あ》せて、辺りが薄闇になっても、まだ来なかった。

しぼんだ気持ちの代わりに、心細さと不安が体の中にひたひたと満ちてきた。

街灯がぽつぽつ点《つ》きはじめた頃、ようやくぼくはすっぽかされたのだという事実を受け入れた。力なく自転車を漕いで家に帰る。

「おかえり！」

こうなると気に障るだけの父の元気な声が出迎える。

「仲良く遊べたか！」

ぼくは父を無視して居間を素通りし、自分の部屋へ向かった。

台所では、仕事から帰ってきた晴子さんが晩ごはんを作っていた。

「リョウちゃん、お友達ができたんだって？　おばさんもっと早く帰ってきてお土産持たせてあげたらよかったね。ごめんね」

全然、晴子さんが謝ることじゃない。

だが、へこんで帰ってきたところに、優しい声は突っかかりやすかった。

「うるさいな、ほっといてよ！」

「コラッ！」

すかさず父から叱る声が飛んできた。

「何だ、その言い方は！」

「うるさい！」

ぼくは父にもそう怒鳴って、自分の部屋に飛び込んだ。閉めたドアの隙間から二人のやり取りが薄く聞こえた。

どうしたのかしら、と案じる晴子さんに、父が憤然と答える。

「喧嘩でもしたんでしょう、ただの八つ当たりですよ。ほっときましょう」

「でも……」

「男の子なら喧嘩くらいしなきゃ。心配ない、心配ない」

うるさい黙れ、とぼくはベッドに身を投げ出して枕を被った。

喧嘩だったらまだマシだ、相手が来たんだから。

ぼくはすっぽかされたんだ。

そのまま不貞寝《ふてね》して、夜がすっかり更けてから晴子さんがラップしておいてくれた晩ごはんを食べた。

翌日が悩みどころだった。——金ちゃんに会ったら、何て言う？

何で昨日すっぽかしたんだよ、と責めるか。

昨日、何かあったの？　と平和的に訊くか。

気持ちとしては責めたかったけど、転校まもないアウェイな環境ではリスクが高い。

校門で、ちょうど金ちゃんとばったり会った。目が合って、そのまま金ちゃんの目が怒った。

ずんずん、ぼくのほうへ歩み寄り、

「何で昨日すっぽかしたんだよ」

そうぼくを詰《なじ》った。

自分の言いたかった台詞《せりふ》を先に取られて、ぼくはへどもどした。

「行ったよ……」

「嘘つけ！　俺は暗くなるまで待ってたんだぞ！」

「行ったって！　すれ違ったんじゃ……」

「あんなちっこい公園で見逃すわけねぇだろ！」

ちっこい公園？　——ぼくが行った学校の近くの児童公園は、全然ちっこくない。

すれ違わないように入り口で待った。

「俺、学校のそばの公園で……」

「はぁ⁉　ウタキの公園っつったろ！」

「ごめん、俺、ウタキの公園って知らなくて」

「じゃあ何で訊かないんだよ！」

「訊いたけど」

「訊かれてねえよ！」

ぼくは「ウタキって？」と訊いた。「ウタキの公園ってどこ？」とは訊かなかった。

金ちゃんはウタキの意味を訊かれたと思ったのだ。

「転校生が遊びに来るって言ったら母ちゃん張り切って、チンビンと一緒にポーポーも作ってくれたんだぞ。それなのに……」

だから、ポーポーって何だよ。チンビンって。ウタキって。

結局、何なんだよ。

ぼくの知らない言葉がぼくを陥《おとし》いれる。

北海道だったら、こんな行き違い、絶対なかった。

黙りこくってしまったぼくに、金ちゃんは吐き捨てるような溜息をついた。

「まあ、どうせお前は沖縄なんかって言うしな」

自分の言葉が自分を陥れる。父からうつされ、無意識に放ってしまった言葉が。

勝手に沖縄に連れてきて、欲しくもなかった新しい母親を押しつけて、挙句の果てに無神経な言葉をぼくにうつして、ぼくを新しい学校で窮地に陥れる。

金ちゃんはぷいっとぼくから目を逸《そ》らし、昇降口へ走っていった。

ぼくは、校門に入らず、そのまま通学路を戻った。

もうイヤだ。沖縄なんて大嫌いだ。

家に帰ると、父も晴子さんも仕事に出かけた後だった。

ランドセルを置き、机にしまっておいたお小遣いを出した。お年玉の残りを取っておいたので、一万円近くある。でも、それじゃ足りない。

居間のタンスに、いざというときのお金が入れてある。ぼくは留守番が多いので、もし一人のときに事故やトラブルでお金が必要になったらいけないからだ。

茶封筒の中に一万円。これでも多分足りない。

残りはどうしよう。父がヘソクリでも隠していないかと抽斗《ひきだし》を漁《あさ》っていると、ぼくの通帳が出てきた。郵便貯金で、残高は十万円くらい。これなら充分。

郵便局でお金を下ろして空港に行こう。そして、千歳《ちとせ》行きのチケットを買うのだ。北海道に帰れば何とかなる。祖母は、いつでも戻ってきていいと言った。

ぼくは通帳を持って郵便局へ行った。

「お金を下ろしたいんですけど」

窓口のおねえさんにそう言うと、おねえさんが戸惑ったような顔をした。

「窓口だと印鑑がないと下ろせないんだけど……印鑑は持ってる？」

そう訊かれてぼくは固まってしまった。物知らずな小学生だったぼくは、通帳さえあればお金を下ろせると思っていた。

「キャッシュカードか、暗証番号が分かれば通帳でもＡＴＭで下ろせるんだけど」

ぼくが口籠《くちご》もっていると、様子を見咎《みとが》めたのか、奥から責任者らしい男の人が出てきた。

「ぼく、お父さんかお母さんに頼まれたのかな？」

「あの……ぼくの通帳なので」

へどもどやり取りしているうちに、不審に思われたらしい。

「おうちに連絡するよ。家の電話番号は？」

「家には今、誰もいません。仕事です」

「じゃあ、仕事先の電話番号は？」

世知《せち》に長《た》けた大人の前に、物を知らない小学生男子などひとたまりもなかった。

父は野外の撮影で摑まらず、晴子さんに連絡が行った。

一番避けたかった展開だが、抗《あらが》いようもなかった。

慌ててやってきた晴子さんは、郵便局の職員に頭を下げながらぼくを引き取った。

家に帰ってきてから、晴子さんは途方に暮れたように呟いた。

「どうしてこんなこと……」

ぼくは黙秘権を行使したが、晴子さんは困ったようにぼくを諭《さと》した。

「おばさんに話してくれなかったら、カツさん呼ばないといけないよ」

父に怒られることなどちっとも恐くなかった。しかし、父にぼくの気持ちを土足で踏み荒らされるのが嫌だった。

父はきっと、北海道に帰ろうとしたことを怒る。いつまで北海道に拘《こだわ》ってるんだ、いい加減もう忘れろと。

そしてきっとまた言うのだ、「北海道なんか」と。

晴子さんは「北海道なんか」と言わないところは、父よりもマシかもしれない。

「北海道に帰ろうと思って……」

と、晴子さんの目からぼろぼろっと涙が転がり落ちた。

何で、晴子さんが泣くのか。ぼくにはまったく意味が分からなかった。

「そんなにおばさんのこと嫌だった……？」

晴子さんはいつもにこにこ笑っていたので、まさかこんなに傷ついているなんて、知らなかった。

喉までごめんなさいと出かかった。でも、

「ごめんね、おばさん、カツさんのこと好きになって」

晴子さんが先にごめんねと言ったので、ぼくのごめんなさいは出そびれた。

「何で、お父さんなんかがよかったんだよ」

転校してきて初めて仲良くなれそうだった金ちゃんと喧嘩になって、喧嘩になった理由はぼくがよそ者だったからで、ぼくがよそ者になってしまう土地に無理に連れてきたのは父で、父が沖縄に夢中になったのは、母との馴れ初めのときのように、晴子さんに入れあげたからで、……ねじれにねじれた気持ちが咎《とが》めるようにそう訊かせていた。

「晴子さんだったらもっといい人いただろ。あんな冴えないコブ付きのおじさんじゃなくても、もっといい人いただろ。きれいなんだし」

そのとき、初めて晴子さんのことをきれいだと言った。それまで父がどれだけ晴子さんきれいだよなぁと同意を求めてきても、絶対に頷かなかった。

こんなにきれいで優しいお母さんだったら嬉しいだろ、リョウも。

押しつけがましく続くそうした言葉が、ぼくの気持ちを吹雪にした。

母だってきれいだった。きれいで、優しくて、ぼくは学校中の生徒から「坂本先生がお母さんなんていいなぁ」と羨ましがられていた。

晴子さんなんかに負けない。

ぼくを晴子さんと打ち解けさせたかった気持ちは分かるけど、父の誉め方は完全に逆効果だった。

「ありがとね、誉めてくれて」

晴子さんは涙の膜が張った目で笑った。

「でも、おばさん、前の旦那さんからは、ずっとブスだブスだって言われてた」

まだ子供だったぼくは、晴子さんの話をすんなり理解することができなくて、大人になった今ならわざわざ訊きほじったりしないことを、訊いてしまった。

「晴子さんは、離婚したの？」

そう、と晴子はあっさり頷いた。

「背が高くってハンサムで、モテモテの人だった。その人がおばさんのこと好きって言って熱烈にアタックしてくれて、結婚したときはとっても嬉しかった。でも……」

結婚すると、豹変《ひょうへん》したという。家事が下手だとか料理が下手だとかあげつらって、毎日毎日罵倒《ばとう》されたという。

「人間って不思議なものでね、毎日怒られてると、びくびくしてるせいか、どんどん不細工になってくるの。そんで、怒られないようにしようって緊張すると余計に失敗ばかりしてね。お前はブスだバカだって怒鳴られて、お前みたいにブスでバカな女と結婚してやるのは俺くらいだって……」

「酷い。離婚しちゃえばいいのに」

そう言ってから、離婚したから父と結婚したのだと思い出して、ぼくは口籠《くちご》もった。

「そうなの。早く離婚しちゃえばよかったんだけど、『お前みたいなブスでバカな女、俺と離婚したらもう二度と結婚なんかできないぞ』って言われて、きっとそのとおりだって恐くて」

「結婚なんかしなくてもかまわないじゃん」

「うん。今はね、結婚なんかしなければしないなりの幸せがあるって分かるんだけど。そのときは、旦那さんに見捨てられたら人生おしまいだって思っちゃってたの」

今で言うＤＶだ。その頃は、まだそんなに知られていなかった。

「おばさん、両親と死に別れて頼れる身内もいなかったから、よけいに離婚するのが恐くって……でも、あるとき、こんなに辛いまんま一生生きていくのかって思ったら、我慢できなくなってね。お願いだから離婚してくださいって」

前の旦那は「お前なんか二度と女として幸せになれないからな」と酷い捨て台詞を残して、離婚届に判をついたという。

晴子さんは結婚前に勤めていた会社に再就職し、またガイドの仕事を始めた。

「もう、しばらくは酷い男性不信でねぇ。ガイドも女性のお客さんやご家族さんだけにさせてもらってた」

けれど、働いているうちに徐々に心の傷が癒《い》えて、男性客のガイドも普通にできるようになった。

そんな折に、父のガイドを引き受けたのだ。

「カメラマンの撮影旅行だから臨機応変にいい景色を案内できる人をって言われて、上司がおばさんがいいって勧めてくれて」

その後、分かったことだが、晴子さんは臨機応変がとても上手な人だった。予定が変わっても別のプランにどんどん切り替え、楽しませてくれるので、お客さんからも人気の高いガイドだったのだ。

「カツさんが初めて来たとき、初日が大雨で。カツさんも『今日は無理ですかね』って諦めてたみたいなんだけど」

晴子さんは、荒れた海を見に行きましょうと、波の名所に連れて行ったという。

雨の日は、よそ行きじゃない生の土地の顔が見られますよ。晴子さんの言葉に、父はいたく感銘を受けたらしい。

そして、よそ行きじゃない荒れ狂った波を前に、夢中でシャッターを切りまくったという。

「カツさんの仕事を調べたら、北海道で吹雪とか厳しい景色も撮ってたから、歯応えのある自然もきっと好きなんだと思って」

らしい。

　翌日以降はピーカンの晴れで、父は嵐の海と晴れた海の落差がいたくお気に召した

　父は沖縄に通い詰めるようになった。沖縄のお土産が続くようになった頃だ。

　二人の距離もどんどん縮まった。――というより、父が縮めに行ったのだろう。

　食事をするようになり、お互いの身の上話をするようになり――いきさつは違うが、お互い家族の縁が薄かったことや、伴侶《はんりょ》との死別や離縁を経験していたことで、共感も生まれた。

「前の旦那さんの話もいろいろ聞いてくれてねぇ。ブスだバカだって罵られてたことを話したら、カツさん真顔になって、晴子さんはきれいですよって言ってくれたのよ。おばさん、キュンとなっちゃって」

　ああ――きっと、母と恋したときも、そんなふうに真っ直ぐ飛び込んだんだろうな、と想像がついた。

　父と母が恋に落ちたときの話は、結局母から聞かずじまいだったけど。

「それでね、そのときカツさんは、前の旦那さんのことを、酷い男ですねって言わなかったのよ」

「何て言ったの？」

「きっと、呪いにかかっちゃったんですね、って」

宝物みたいにキラキラした人と結婚して、宝物があるのが当たり前になっちゃったんですよ。それで、宝物がただの石ころに見える呪いにかかっちゃったんですよ。やっぱり真顔で、そんなことを言ったという。

「嬉しかったんだよねぇ。おばさんに見る目がなかったんじゃなくて、相手が変わっちゃったんだって言ってもらえて」

そのときは分からなかったけど、大人になってから晴子さんの言ったことの意味が分かった。

父は、前の旦那さんを否定しなかった。それは、その人に恋をした晴子さんを否定しなかったということだ。

酷い男ですねと一緒に憤《いきどお》ってくれたほうが気持ちが楽になる人もいるだろう。でも、晴子さんはそうじゃなかったのだ。

父のプロポーズの言葉は、「ぼくは呪いにかかりませんから、結婚してください」だったという。

「おばさん、思わず『はい』って言っちゃったのよ」

「……コブ付きなのに」

上手くやっていけるか、本当はちょっと不安だったと晴子さんは笑った。

「でも、カツさんと、カツさんの惚れた奥さんが育てた子なら、きっと仲良くなれると思って」

晴子さんとしては、恥を忍んで打ち明けたのだろう。言わなくて済むなら言いたくなかったに違いない。それも、こんな子供に。

何でお父さんなんかがよかったんだよ。そう尋ねたぼくに、まっすぐ答えるために打ち明けたのだ。

ぼくは、晴子さんのその気持ちに答えなくてはならなかった。――子供としてではなく、男として。

「……晴子さんのことが嫌いなわけじゃないんだ」

ぼくは歯切れ悪く切り出した。

「でも、ぼくはまだ新しいお母さんは欲しくなかったんだ」

そうだね、と晴子さんは頷いた。

「カツさん、何であんなに急いだんだろうね」

それは、ぼくのほうこそ訊きたい。

どうして、せめて母を亡くした気持ちの整理がつくまで、待ってくれなかったのか。

「晴子さんだからじゃなくて、誰と再婚しても、ぼくはこんなふうだったと思うんだ。だから晴子さんが悪いんじゃない。それに、お父さんは、北海道なんかっていっぱい言うから、沖縄のことも好きになれなくて、馴染めなくて……それで、学校でも」

ぼくは、金ちゃんとこじれたことを打ち明けた。それで一気に何もかも嫌になって、北海道に帰ってしまおうと思ったことも。

「思い込んだときの無闇な行動力はお父さん似だねぇ。やっぱり親子だ」

平たく言うと無鉄砲ということか。何だかあまり嬉しくない。いくら何でも父よりは大人なつもりでいた。

晴子さんは、「ウタキの公園、行こうか」と腰を上げた。

「お昼ごはんは、チンビンとポーポー作ってあげる」

ウタキの公園は、ぼくが行った児童公園とは反対の方向にあった。

金ちゃんはちっこいと言っていた。確かにちっこい。馬力のある小学生男子が走り回ったら、勢い余って転がり出てしまうくらいの敷地に、ジャングルジムやブランコ、鉄棒。

でも、そんなちっこい公園なのに、分不相応なくらい立派な木が生えていた。木の根元に、少しだけ周りを囲うようなスペースが切ってあり、そこに四角い石を積んであった。

何だか、木陰の中に不思議な気配がした。神聖なような、厳《おごそ》かなような——でも、さっぱりと明るくて、おどろおどろしくはない。

「これがウタキ」

漢字では御嶽と書く。

「神様が降りてくる場所だよ。地元の人がここで祈りを捧げたり、お祀《まつ》りしたりするの」

「神社の小さいやつ？」

「うーん、ちょっと違うんだけど。神様がいる場所っていう意味では同じかな。沖縄は自然の中にたくさん神様がいるの。けっこうあちこちに、気軽に。そんで、みんなが気軽に拝んだり、お願いごとをしたりするの」

「鳥居《とりい》とかは作らないの？」

「作らないんだよねぇ」

「みんな、こんなふうに小さいの？」

「それは、場所それぞれ。いろーんな御嶽があるの。いろーんな」

言いつつ晴子さんは、両手を思いっきり大きく広げた。

「大きいのもあるんだ？」

「すっごいのがある。一番すごいのが、斎場御嶽。明後日《あさって》の日曜、カツさんと一緒に見に行こう。おばさん、案内してあげる。リョウちゃんが引っ越してきてから、一度も沖縄を案内してあげてないもんね」

「でも、晴子さん仕事……」

ガイドの仕事は、休みの日が稼ぎどきだ。

「休ませてもらうから大丈夫。初めて沖縄に来た家族に、沖縄のこと案内してあげるほうが大事。会社の人も分かってくれる」

沖縄の人は、家族の行事をとても大事にする。だから、家族のことだと仕事の融通も利かせてもらいやすいのだと晴子さんは言った。

「斎場御嶽に行って、月曜日に金ちゃんと会ったら、御嶽のこと勉強してきたよって言いなさい。知らなかったんだ、ごめんねって言えば、きっと仲直りできるよ」

帰ってから、晴子さんはチンビンとポーポーを作ってくれた。材料を買わなくても、家にあるものだけでできる料理だった。

どちらも、小麦粉を練って焼いたクレープみたいな生地を丸めたものだ。チンビンは、黒糖を混ぜた生地をそのまま巻き、ポーポーは白い生地に油味噌を塗って巻く。油味噌はアンダンスーともいって、味噌を豚の脂で炒めたものだ。

お昼ごはん向きは、油味噌のポーポー。おやつ向きは黒糖のチンビンという感じだ。金ちゃんのお母さんは張り切って両方作ったと言っていた。たくさん作ってくれていたのかな、と胸が痛んだ。

お昼を食べると、晴子さんは会社へ戻った。

「日曜日に休ませてもらう分、働いてこないとね」

そう言って、元気に力こぶを作りながら。

沖縄の女の人は、よく働く。


日曜日は、よく晴れた。

車のハンドルを握る父は上機嫌だった。

「沖縄に来てから、初めての家族でのお出かけだな！　やっぱり家族で出かけるのはいい！」

父はやたらめったら「家族」を強調した。意図が見え透いていてげんなりする。

「カツさん」

助手席の晴子さんが、父の膝にそっと手を置いた。

父はちょっと不満そうに唇を尖らせたが、家族家族と強調するのはそれでやめた。

何だか、晴子さんはもうすっかり父の手綱《たづな》を取っている。その手綱の取り方は、母に似ていた。

叱るときも、お母さんみたいなのかな。そんなことをふと思った。

もしかしたら、母に似ているから、晴子さんのことを好きになったのかもしれない。

そうだとしたら、乱暴なほど急いだ再婚も、少しは許してあげられるかもしれない。

母を忘れてしまったわけではないのなら。

海沿いの高台を、晴れた海を見下ろしながら、車はすいすいと行く。

岬を緩やかにカーブして下った先の三叉路《さんさろ》に、小さな郵便局が建っていた。

「カツさん、車そこに入れてね」

晴子さんに言われて父が車を駐めたのは、郵便局の近くの空き地だった。丘を切り崩しただけで、コンクリも何も打っていない。

大らかな山道がうねりながらなだらかに上り、道の両脇には沖縄らしい素朴な民家がぽつぽつ建っている。門や屋根には赤土で焼いたシーサーが睨みを利かせる。ひっそりと静まり返り、土産物屋や屋台は一軒もない。同じように斎場御嶽が目的らしい人がちらほら歩いているだけ。

本土のお寺や神社のようなものを想像していたぼくは、拍子抜けした。

「何にもないんだね」

「観光地じゃないからな。地元の人の祈りのための場所なんだ」

自分だってにわかのくせに、父が偉そうに教えてくれた。

「だから、はしゃいで騒ぐんじゃないぞ。もう小さい子供じゃないんだから」

大人ぶってお説教をした舌の根も乾かぬ先から、父が「あっ」と大きな声を上げた。

「猫だ！」

見ると、道の先をぶちの猫がゆったり渡っているところだった。

「おーい、猫！」

ぶち猫は、呼びかけながら駆け寄った父を迷惑そうに一瞥して、しかし悠然《ゆうぜん》と歩き去った。民家の庭先にするりと消える。

「どっちが子供だよ」

呟くと、晴子さんが「ほんとだね」と小さく笑った。

でも、父を見守るその顔は、何だかとてもいとおしそうだった。——父はしつこく猫を追跡中。開け放たれた門の中を窺《うかが》い、そぉーっと踏み込もうとして、

「だめよ、カツさん」

晴子さんに止められて、テヘへとばつが悪そうに笑った。

子供ならともかく、むさくるしいおっさんが庭に入り込もうとしていたら、家の人をびっくりさせてしまう。

と、その先に今度は黒い猫がタタタと走った。

あっ、と叫んだ父がまた追いかける。

「はしゃぐなとか、お父さんに一番言われたくない」

「カツさん、生き物好きだから」

確かに、酔っ払った勢いでインコを買ってくるくらいには。ただし、責任感は皆無。インコの世話ができなかったんだから、犬猫なんかとても飼えない。

「沖縄って猫多いよね」

那覇の街中でも、ふと路地の奥などへ目をやると猫たちがくつろいでいる。安易に触らせてはくれないが、人に怯《おび》えることもなく、雑踏の中でも落ち着き払って毛繕いをしていたり。

「あ、そう？　内地もこんなもんじゃないの？」

「いるけど、沖縄ほどじゃないと思う」

沖縄は、「振り向けばそこに猫」という感じだ。何気なく、当たり前のようにいる。なだらかな坂道の先には、うっそうと繁る山がつながっていた。

＊

キャーッとはしゃぐ甲高い声が辺りに響いた。

おい親父、いいかげんに……と身を乗り出すと、

「リョウちゃん、起きた？　着いたよ」

おかあさんの声でふと我に返った。道中の一時間ばかり、すっかり眠り込んでいたらしい。

はしゃいだ声は、駐車場を走っていく子供たちが上げていた。

「……てか、ここどこ？」

「道の駅。南城《なんじょう》市の」

「そんなもんできたんだ……」

聞くと、斎場御嶽にはここの駐車場に車を駐めていく方式に変わったという。

「世界遺産になってお客さん増えたからねえ」

御嶽に入るのも入場料制になったとか。

「観光客が増えたら整備とかいろいろあるもんなぁ」

「でも、地元の人のお祈りはお金取らないのよ」

観光地じゃないからな。地元の人の祈りのための場所なんだ。

父がそう言ったのは、二十年ほど前。観光地にはなったものの、地元の拝所《ウガンジュ》である性質はきちんと守っている辺りが、土地の信仰心が強い沖縄らしい。

郵便局は昔と変わらぬ場所にあったが、御嶽へ続く道は様子がずいぶん変わった。昔は一軒もなかった土産物屋やカフェがあちこちに。

「親父生きてたら大変だな、いちいち引っかかって」

子供が引っかかりそうなお土産や甘味に、真っ先に引っかかるのはいつも父だった。その恩恵で、ぼくもいろいろおいしいおやつにありついたのだけど。

紅イモのソフトクリームやサーターアンダギー、シークワーサーのかき氷。手作りのアクセサリーや雑貨の店もある。

変わり種で似顔絵の出店を出している若い男がいた。金髪にエスニック風のだらりとゆるい服を着て、アクセサリーをじゃらじゃら。いかにも駆け出しの芸術家風。

貼り出している似顔絵の見本は線がすっきりした漫画風で、なかなかかわいらしい。芸能人の似顔絵も何枚かあったが、どれも特徴をよく捉えていて、誰を描いたか一見して分かる。

「あらぁ、上手」

おかあさんの呟きを耳敏《ざと》く拾った絵描きは「いかがですか」とすかさず売り込んで

きた。

「でも、時間かかるんでしょう？」

「十分。十分もらえたら大丈夫です。御嶽を回ってる間に色をつけておきますから。親子で記念に。ね！」

親子で記念というフレーズに、おかあさんの心はふと惹かれたらしい。でも、一枚二千円という値段にちょっと躊躇《ちゅうちょ》しているようだ。腕前からすると妥当かもしれないが、イラストを買うという習慣のない一般人は二の足を踏んでしまう。

「サービスしますよ」

そう言うから値引きしてくれるのかと思ったら、

「ぼく、手相の勉強もしてるんです。手相サービスしますから。ね」

斬新なサービスだな、おい。

断る前に、絵描きはおかあさんの手を取ってしまった。

「ああ、いい手相ですねえ」

ほんとか、おい。

「長生きしますよ、おかあさん。長寿の線が出てます。仕事運も来年にかけて上々、金運もアップします。バカンスが吉と出てますね」

「ほんと？　今、息子と観光中なのよ」

「そりゃあいい。家族運が上昇しますよ」

ウソか真《まこと》かはともかく、おかあさんはいいことばかり言われて嬉しそうだ。こんなにサービスされたらもう断れない。

「一枚頼むよ」

「毎度あり！」

絵描きはすかさず色紙を出した。露店の脇のベンチにぼくたちを座らせ、しばらくこちらを眺めていたかと思うと、黒いマジックで迷いなく線を引きはじめた。

本当に十分ほどで、線画は終わったらしい。

「見せて見せて」

「だめだめ。色をつけてからです」

絵描きはおかあさんからさっと色紙を隠してしまった。

「帰りに寄ってください、仕上げておきますから」

絵描きに見送られて、ぼくらは御嶽へ向かった。

昔は道の終わりがそのまま山の中の参道へと続いていたが、参道の手前に料金所ができていた。道の駅で買っておいたチケットを渡して入る。

入ってすぐのところにビデオコーナーがあった。御嶽を回るマナーなどを説明しているらしい。ぼくらは地元なので割愛して、参道へ向かった。

石畳が敷かれた道は、最初こそなだらかに上るが、すぐに容赦のない山道に変わる。最初の突き当たりで海が見下ろせる。明るいコバルトブルーに、沖は藍色《あいいろ》。小さな空き地のようなスペースに観光客が写真の順番待ちをしている。

初めて来たときは、こんなふうに気楽に写真を撮れるような雰囲気ではなかった。静かで、風の音と草木の鳴る音だけが響いて――わいわい騒ぐことを自然と慎ませるような静謐《せいひつ》な気配が満ちていた。

「だいぶ整備されたんだね」

石畳を粗く敷いただけだった参道には、手すりがつけられ、道の端に緑色のすべり止めシートが張られている。

「雨が降ると、よく滑ったからねぇ」

整備されたおかげでだいぶ登りやすくなっている。――が、やはり傾斜はなかなか容赦ない。

昔はひょいひょい登っていたおかあさんだが、さすがにところどころきつそうだ。

登りきってしばらくのところに、最初の拝所がある。

木々の生い繁った中にぽかりと空間が空いて、大きな岩が現れる。岩というより、ちょっとした崖だ。岩の上にも木やシダが色濃く生い繁り、ガジュマルの気根が地面に向かってだらりと伸びる。

庇《ひさし》のように張り出した岩の根元にほんの少し、ここが拝むところですよと辛うじてのしるしのように石積みの段が作られて、飾り気のない石の香炉《こうろ》が並べてあるだけ。香炉というと、内地《ないち》では意匠を凝らしたものを思い浮かべるが、沖縄の御嶽で香炉といえば、四角く切り出した一抱えの石だ。遠目には石のブロックにしか見えない。

分かりやすい鳥居《とりい》や拝殿、しめ縄のようなものは何もない。それなのに厳かな気配が満ちている。参道の登りはじめでは写真を撮ってはしゃいでいた観光客も、自然と声を潜めて記念撮影も遠慮がちだ。

初めて見たときも圧倒されたが、その迫力は未だ健在だ。人の手が入っているのは最小限、だからこそ自然の底力がぐいぐい迫ってくる。

看板ひとつ出ていない順路を、人の流れだけを頼りに歩いていくと、程なく二つ目の拝所だ。今度は岩の根元が大きくえぐれて洞《ほら》のようになっている。やはり岩を抱き込むように木々やシダが繁り、岩をいつか覆い隠そうとしているかのようだ。

まるで岩の八重歯《やえば》のように、鍾乳石《しょうにゅうせき》が上顎《うわあご》から一本突き出している。

洞の手前に飾り気のないまな板のような祭壇が築かれ、洞の中にまた香炉。人の手はやはり、最小限。

戻ってしばらく行くと、ガイドブックでよく見かけるようになった三つ目の拝所に着く。ぬっと出てきた岩壁のような巨岩に沿って歩くと、順路に沿って長く削れた洞に、簡素な石造りの祭壇が築かれており、丸い壺《つぼ》が二つ置かれている。水を湛《たた》えた壺の上には、それぞれ鍾乳石が垂れ下がっており、水はその鍾乳石から滴って溜まっているのだ。

「お金を入れないでください。というのは注意書き。昔はなかった。

「内地のお客さんは、何でかお金を入れたがるのよねぇ」

こうした印象的なスポットで小銭を供えてしまうのは、内地の観光客の習性のようなものかもしれない。

「内地の人なりに、神聖さを感じてるんだと思うよ。お賽銭《さいせん》っていうか」

「神様にお金なんかあげても意味ないのにねぇ」

沖縄の神様だったら確かにそうだ。捧げるのは線香や塩や米で、お賽銭という文化がそもそもない。

突き当たりまで行くと、三角形のトンネルがぽかりと空いている。

ガイドブックには必ず載っているスポットだ。垂直に切り立った巨岩の角に、外側からこれまた巨岩の一片が倒れかかって、鋭く天に尖《とが》った三角形の空間を作っている。

その特徴的な三角形が写り込むように苦労しながら、観光客が熱心に写真を撮っている。撮影に遠慮しているといつまで経っても通れないので、失礼して後ろをそっと抜けさせていただく。

まるで誰かが意図して作ったみたいな造型だが、人の手では到底作れるはずもない巨大質量の光景。人が作れないとしたら——神様しかない。

昔の人は、これらの拝所にそれぞれ神様のしるしを見出《みいだ》したのだろう。

トンネルの突き当たり、寄りかかった岩が切れた隙間から海が見渡せる。そして、ほぼ真正面の沖には島。方向は、狙い澄ましたように真東。

久高島《くだかじま》だ。沖縄を創った神様が降りてきたと信じられている。

「信じるしかないよなぁ」

思わず漏れた呟きに、おかあさんが「なぁに?」と尋ねた。

「いや、神様を信じちゃうよなと思って」

「どういうこと?」

「こんな、誰かが作ったみたいな不思議なトンネルを見つけてさ。奥まで行ったら、ちょうど真正面にドンピシャで島だろ? 絶対、偶然なんて思えない。絶対、誰かが狙って作ったろって感じじゃん。でも人間には絶対無理。そしたらもう、神様の仕事だって認めるしかないよな」

現代人だってこの光景に奇跡を見出す。奇跡が神の仕事だと信じられていた昔なら、神様を信じることに何の疑いも発生しない。

「そっかぁ。そんなふうに思ってくれるようになったかぁ」

おかあさんは嬉しそうに笑った。

「初めて来たときは、あんまり興味なさそうだったから」

「……そうだっけ？」

そうよ、とおかあさんがぷぅっとほっぺたを膨らませた。

「帰りにどうだったって訊いても、うーんって生返事ばっかり。お父さんがごり押しみたいに『すごいよな』って迫って、やっと『まあね』って。残念だったわぁ」

そういえば、と当時のことが思い返された。でも、興味がないというのは違う。ただただ圧倒されていたのだ。自然の作り出した奇跡的な、図《はか》ったかのような造型に。――ただ、父が『すごいよな！』とごり押ししてきたのが鬱陶《うっとう》しくて、そのときはわざとつれなく返事をした。

金ちゃんとは週明けに仲直りできた。元々、大らかな沖縄の人はあまり根に持つということがない。

先週、ごめん。俺、ウタキって何のことか分からなかったんだ。それで勉強しようと思って、斎場御嶽に行ってきたんだ。ウタキの公園ももう間違えないから、勘弁。

おかあさんが入れ知恵してくれたとおりそう言うと、金ちゃんは拍子抜けするほどあっさり、おお、そうかと頷いた。

どうだった、と訊かれて、素直に答えた。

すごいね。何かよく分かんないけど、すごかった。

そうだろ。沖縄もなかなかやるだろ。

それで、あっけらかんとおしまい。すっぽかしてしまったチンビンとポーポーは、後日改めてごちそうになった。

おかあさんも、ぼくが友達と仲直りできたのを大喜びしてくれた。

「沖縄の聖地ってすごく素朴だよな」

そんなことを話しながらぼくたちは順路を逆に戻った。手すりのある急勾配に差しかかったとき、おかあさんに思わぬトラブルが。

「あらやだ！」

おかあさんが手すりから慌てて離した手には、べったり鳥の落とし物がついていた。滑らないように足元ばかり見ていて、気づかなかったらしい。

そして、おかあさんのショルダーバッグには、あいにくティッシュが切れていた。

「リョウちゃん、持ってる？」

「手ぶらの男子は、基本的にちり紙なんか持って歩かない生き物なんだ」

「期待したおかあさんがバカだったわ」

料金所まで戻って、おかあさんはトイレに手を洗いに行った。

「先にぶらぶら行っててていいわよ」

「じゃあ、さっきの似顔絵のところに行ってるよ」

御嶽をかなりゆっくり回ったので、もう完成している頃だろう。

照りつけて、アスファルトが白く光る道路を、ゆっくり下る。

――行く手を猫が横切った。ぶち猫だ。

「あっ、猫だ！」

おっさんのはしゃぐ野太い声。

「おーい、猫！」

猫を追いかけるおっさん、迷惑そうに、しかし悠然と立ち去る猫。――強烈な既視感がぼくを襲う。

民家に入った猫を諦め悪く追跡するあのおっさんは、――あれは、父だ。

家を出る前、仏壇で拝んだばかりの写真の顔が、そのままそこに、

「だめよ、カツさん」

柔らかく笑みを含んで止める声は、今より若いおかあさん――晴子さんの、
父がテヘへとばつが悪そうに笑う。テヘへじゃねえ。

そして、晴子さんの隣には、小学生のぼくが、
白昼夢か？　日差しがこんなに強いから、アスファルトがこんなに白く灼《や》けているから。

それともドッペルゲンガー。ドッペルゲンガーって、見たら死ぬんじゃなかったか。

黒い猫が走る。父が追う。猫を追いかけて、ぼくを追い越す。すれ違った顔は――

間違えようもなくあの日の父だ。

晴子さんとぼくが、父の後ろを来る。晴子さんはいとおしむような笑顔で、ぼくは
呆れたような冷めた顔で。

誰もぼくに気づかない。当たり前だ。今のぼくは三十二歳のおっさんで、もう子供
の頃の面影もない。

すれ違いざま、自分で制御できない衝動が湧き上がった。

「なあ！」

ぼくの手首をつかんで引き止める。大人のぼくが、子供のぼくを。

ぼくは驚いた風もなく、引き止めたぼくを見上げた。

「何？」

「今から斎場御嶽に行くんだろ」

「それが何？」

「帰りに、おかあさんに――」

「おかあさんって、晴子さんのこと？」

「ああ、そうだ。晴子さんだ」

晴子さんは、振り向かず歩いていく。まるでぼくらのやり取りに気づいていないかのように。

「晴子さんに、御嶽どうだったたって訊かれたら、すごかったよって答えてやってくれ。親父でもいい、すごかったよなって押しつけがましく言ってくるから、そうだねって素直に、」

「できないよ」

ぼくはぼくの手を素っ気なく振り払った。

「何でだよ。それだけで晴子さんは喜ぶんだ」

「できないんだって、ぼくは過去だから」

晴子さんは、歩いていく。歩いていく。歩いていく。ぼくらが揉《も》めていることには気づかない。

まるで世界の位相が違うように気づかない。

猫を追いかける父は気づくはずもない。

あの日のぼくが、言い聞かせるようにぼくに言う。

「過去は変えられない。分かるよね？」

ぼくは答えず黙り込んだ。まるで駄々を捏《こ》ねてむくれるみたいに。

「言いたかったことは、今の君が言えばいい」

子供のくせに、何て大人びた、生意気な、

「過去は変わらない。変えられるのは、今だけだ」

「タイムパトロールじゃあるまいし」

「タイムパトロールよりずいぶん慈悲深いよ、沖縄は。君に時間をくれたんだから」

リョウちゃん、と晴子さんが呼んだ。

「どうしたの？　そんなところで立ち止まって」

「何でもないよ」

ぼくはそう答えて、またぼくに向き直った。そして少し微笑む。

「ぼくは、晴子さんをおかあさんって言えるようになるんだね」

「ああ。——ああ、そうだ」

いつからだったか。ぼくは晴子さんをおかあさんと、

今ではすっかりおかあさんと。

「だったらよかった」

ぼくが晴子さんのほうへ歩き出す。

「頑張れ。君はもう大人なんだから」

言われるまでもないよ。

ぼくは大人だ。——晴子さんを困らせて傷つけていた君より、ずっと大人だ。

何なら、猫を追って走っていく、あの子供じみた親父より。

「おにいさん！」

呼びかけられて、はっと我に返った。

「似顔絵、できてますよ！」

絵描きが色の塗られた色紙を掲げる。

「あ、うん——いくら？」

「二千円です、毎度あり！」

ぼくがお金を払っていると、おかあさんが追い着いてきた。

「あら、リョウちゃんが買ってくれるの？」

「うん、まあ」

おかあさんが色紙を覗《のぞ》いて華やいだ声を上げる。

「あらー、ハンサムに描いてもらって！」

「お母さんも美人に描きました！」

自慢げな絵描きから、おかあさんが嬉しそうに色紙を受け取る。

「またどうぞ！」

絵描きに見送られて、ぼくたちは道の駅へと歩き出した。

「おかあさん」

「なぁに？」

「さっき、こっちに来るときさぁ……」

ぼくたちを見かけなかった？　――なんて訊けるはずないじゃないか。よく考えろ。

「紅イモソフト、おいしそうだったよね」

「あら、食べたらよかったのに。戻る？」

「いいよ、どこか他のところで見つけたらまた」

歩きながら、タイミングを窺う。

「そういえばさぁ……」

さりげなさを装ったが、やや声がうわずった。柄にもなく緊張している。

「さっき、初めて来たときは、俺があんまり興味なさそうだったって言ったろ？」

「うん」

「あれ、ほんとは違うんだ」

首を傾《かし》げたおかあさんに、ぼくは一息で言った。

「ほんとは、すごく感動してたんだ」

「うそぉ。だって生返事ばっかりで」

「圧倒されちゃって何も言えなかったんだよ。小学生男子に高度なコメントを求めるなよ」

「でも、お父さんが訊いたときも……」

「あれは、親父が悪いだろ。あんなごりごりにごり押しされて、あの頃の俺が素直に頷けるわけないじゃん。そんでも『まあね』って言ったんだから、ほんとに感動してたんだって」

それもそうね、とおかあさんはあっさり納得した。

「喜んでくれてたんなら、よかった」

そう言って、嬉しそうに笑ってくれた。――ぼくのほうこそ、その笑顔が見られてよかった。

「沖縄って、内地と神様の祀り方が違うよね。気持ちはおんなじだと思うけど」

「どういうこと？」

「内地の人は、『神様がおわす場所だからきれいに調えて差し上げよう』なんだよ。だから立派なお社《やしろ》を建てたり、鳥居を建てたり」

「ああ、そうね。内地の聖地は立派よね」

「沖縄の人は、『神様がおわす場所だから、静かにそっとしておいて差し上げよう』って感じがする。だから、人の手も最小限しか入ってなくて」

「そうね、旧《ふる》いものほどそうだわね」

「でも、神様に対する敬意は一緒っていうか。やっぱり、日本なんだなぁって思うよ。自然の中に神様を見出す素朴な沖縄の信仰って、原初の神道《しんとう》に近いような気がする。もしかすると、沖縄の信仰のほうが源流に近いのかもしれないけど」

「なるほどねぇ。おかあさん、あんまり深く考えたことなかったわ。やっぱりリョウちゃんは、仕事柄かしら。そうやっていろいろ深く考えるの」

「ああ、うん……」

返事は生返事になった。

やっぱりリョウちゃんは、仕事柄かしら。——どんな仕事柄？

三十二歳のぼくは、東京で、どんな仕事を？

那覇空港でかろうじて思い出せたオフィスの光景には、ますます霞がかかっている。

羽田で飛行機に乗った。——家から、羽田までは？　ぼくは一体どこに住んでいて、何を使って羽田へ出た？　ＪＲ、地下鉄、私鉄、モノレール、空港バスにタクシー。ありとあらゆるルートが脳裡《のうり》をめぐり、しかしどれも自分のルートと確信が持てない。霞が晴れない。

こまっしゃくれたぼくの声が蘇《よみがえ》る。まだ声変わり前。

タイムパトロールよりずいぶん慈悲深いよ、沖縄は。君に時間をくれたんだから。

一体、ぼくに何が起こっている？

「リョウちゃん！」

おかあさんのはしゃいだ声で、めぐる思考は中断された。

「あったわよ、紅イモソフト！」

見ると、道の駅の入り口に宣伝の旗が躍っている。『紅イモソフト３００円』。

話をごまかしただけで、別にソフトクリームのお腹では全然なかったのだが、

「よかったわね！」

こんな嬉しそうな笑顔を前に、どうして断れるだろうか。

「ソフトクリームはおかあさんが買ってあげる。リョウちゃんはこれを買ってくれたからね」

おかあさんはそう言って、似顔絵の色紙が入ったレジ袋を掲げた。

「買ってくるわね」

おかあさんがソフトクリームのスタンドのほうへ走っていく。

「……まあ、いいや」

ぼくに何が起こっていようと。

「まあ、いいや」

おかあさんに三日間付き合うために、ぼくは沖縄へ帰ってきた。

そのことは、変わらない。

まだまだ日が高かったので那覇まで戻って高速に乗り、万座毛《まんざもう》へ行くことになった。本島を南北に分けたちょうど中間地点くらいの、海の名所だ。もっとも、沖縄は海の名所だらけだが。

「初めて行ったときは、ひどかったなぁ」

ぼくが呟くと、ハンドルを握るおかあさんも頷いた。

「ひどかったわねぇ」

初めての万座毛は、とっぷり暮れてからの到着だった。

何故かというと、途中で立ち寄ったビーチで父がヤドカリに大フィーバーしたのだ。

おい、リョウ！　ちょっと止まれ！

言いつつ父も、ストップモーションをかけたようにピタリと立ち止まった。

一呼吸待つと、白い砂浜の上に散らばっていた巻き貝が一斉にカサカサ動き出す。

ぼくも生き物好きな小学生男子だったので、テンションが上がった。

すごいね、いっぱいいるね！

ぼくが足元の二、三匹を捕まえて手のひらに載せると、父が「よし！」と——何が

「よし！」だ？

ヤドカリ狩りだ！　狩り尽くすぞ！

言うなり父はしゃがみ込み、足元からヤドカリを根こそぎ拾いはじめた。

あっという間に両手いっぱい捕まえて、それで気が済むだろうと思っていたが、

「晴子さん、袋！」と来たものだ。

晴子さんもバカ正直にコンビニ袋を渡したからいけない。

あ、これ、袋いっぱいにしないと気が済まないパターンだ。ぼくはそう気づいて頭を抱えた。

リョウ、何ぼーっとしてんだ！　早く捕まえろって！

何のために！　そんなことは、スイッチの入った子供に訊いても無駄なのだ。

こうなったら、一刻も早く袋を満杯にするしかない。ぼくは健気《けなげ》に無益なヤドカリ狩りに従事した。晴子さんも。

カツさん、日が暮れちゃうよ。万座毛、行くんでしょ。

晴子さんは何度か水を差したが、スイッチの入った子供には逆効果だということを、それまで子供を持ったことのない晴子さんは知らなかった。

最終的には持てないほどの重さになって、砂浜に袋を置いた。すると、ヤドカリはうぞうぞ動き出し、我先に脱走しようとする。

晴子さん、見張ってて！

晴子さんは、そのとき初めて父に「えーっ⁉」と言ったと思う。それはそれは不満たっぷりの「えーっ⁉」だった。

カツさん、気持ち悪いよぅ。

隙あらばうぞうぞ動き出すヤドカリに、晴子さんは半べそだった。

頑張って！

頑張ってって、何をだ。何のためにだ。――ということは、スイッチの入った子供に言っても無駄で、袋をいっぱいにするまで父の無益な情熱は止まらなかった。その間、およそ二時間ほど。

辺りはすっかり夕暮れだった。

やったなぁ！

達成感に溢れた父の晴れやかな顔に対して、晴子さんは膨れっ面で、ぼくは仏頂面だった。

……で、どうすんのコレ。

ぼくが尋ねると、父はやっと我に返ったらしい。しばらく考え込み、
よし。キャッチ&リリースだ！

一体この作業に何の意味があったのか。——そんなことは突っ込んではいけないのだ。それにしても、永遠に穴を掘っては埋め戻す囚人ばりの無駄な作業だったと思うけど。

それに、絶対に動物愛護団体に怒られる。

みっちりヤドカリが詰まったレジ袋を、父はえっちらおっちら波打ち際まで運んだ。

そーれ、リリース！

レジ袋を横倒しにして、ヤドカリを全部ぶちまける。

小山のように積もったヤドカリは、一瞬静まり返っていたが、一呼吸置くと——

ギャ————————！

晴子さんが悲鳴を上げた。キャーじゃなくギャーだ。

解放されたヤドカリたちは、一斉にうぞうぞと四方八方へ逃げ惑いはじめたのだ。

晴子さんは、走って逃げた。さもあらん。——想像してごらん。

これだけ大量にかき集め、ぞろぞろ逃げ散るヤドカリは、もはや貝殻を被っているだけの虫の群れにしか見えない。

父は大喜びだ。

すっげー！　こんなの初めて見た！　さすが沖縄！

晴子さんが遠くから怒鳴った。叫んだのではなく、怒鳴った。

こんなのは、沖縄スタンダードじゃありませんッ！

新しいスタンダードにするってどう!?

絶対に、イヤッ！

思えば、それが初めての夫婦喧嘩だったんじゃないだろうか。

ほら、気が済んだでしょ。行こうよ。

ぼくがそう促すと、父は「冷めてんなぁ、お前」とつまらなさそうに波打ち際から離れた。

「でもねぇ、今にして思うと……」

おかあさんが運転しながらくすくす笑う。

「リョウちゃんを喜ばせたかったんだと思うのよ」

「嬉しくないこと甚《はなは》だしいわ」

「でも、リョウちゃん、最初ヤドカリ見てはしゃいでたから」

「俺の責任かい！」

「そうじゃなくて。リョウちゃん、あの頃、沖縄が好きじゃなかったでしょ」

そう言われると、ちょっとばかり忸怩《じくじ》たる思いがかすめる。

「だから、ちょっとでも沖縄のことで喜んでくれて、きっと嬉しかったんだと思うの。それで、張り切っちゃったのよ」

そう考えると、かわいげがあるのか？　――いや、しかし。

「途中で手段と目的が入れ替わっただろ、あれは」

「それは、いつものことだから。入れ替わる前を評価してあげなくちゃ」

「いやー、評価できない。評価したくない」

「そこはほら、大人になって」

「親父よりは大人のつもりだよ」

「それはずいぶん低いハードルよ」

おかあさんの言い草も大概だ。

高速の標識に、インター名と一緒に万座毛の表記が出た。

おかあさんはウィンカーを点けて、左車線に寄った。

いた。

＊

ヤドカリのキャッチ＆リリースのせいで、万座毛に着いたときはとっぷりと暮れていた。

最寄りの駐車場はがらんと空いていて、駐まっている車は一台もいなかった。

「こんなんじゃ何も見えないよ。帰ろうよ」

人気のない夜の駐車場は、肝試しにぴったりという風情で、とても好きこのんで車を降りたい気持ちにはならない。

「カツさん、足元も危ないから」

晴子さんもそう口を添えたが、父は「せっかく来たんだからさ」と聞かない。

駐車場の奥から続いている遊歩道を歩き出すと、果たして岬は地形も見えないほどの真っ暗闇。電灯ひとつなく、光といえば頭上にぽかりと浮かんだお月様だけ。そのお月様が、辛うじて闇の中に遊歩道のアスファルトをうっすら白く浮かび上がらせている。

「ほらぁ、やっぱり何にも見えないって」

「いや、岬の先まで行けば海が見えるって。月が出てるんだから」

「夜の海なんか見て何が面白いんだよ、真っ黒なだけじゃないか」

沖縄の海の美しさは、さすがに意固地なぼくをしてもその頃には認めざるを得なくなっていたが、夜ではコバルトブルーのアドバンテージもなくなる。

「カツさん、ほんとに足元が危ないから」

晴子さんが重ねてそう止めた。

「よし、分かった」

諦めてくれたか、と思いきや、

「待ってろ、車から懐中電灯を取ってくる」

父は勇んで遊歩道を駆け戻った。

「くじけないねぇ、カツさん」

「ちょっとはくじけてほしいよ」

そもそも夜の海なんか見て何が面白いんだ？　という問題の根本的解決にはなっていない。

待つことしばらく、

「すまんすまん、待たせた！」

父の声に振り向いたぼくたちは、呆気に取られて言葉をなくした。

「懐中電灯がなくってさ！」

懐中電灯の代わりに父が振り回していたのは、赤い光を燃やす発煙筒だった。もうもうと白い煙を噴いている。

「ちょ、それ、事故のときに焚《た》く奴じゃん！」

「大丈夫だ、明日オートバックスで新しいの買っとくから」

そういうことを言ってるんじゃない。

「カツさん、煙《けむ》いよ」

「大丈夫、事故のときに現場で焚くくらいだから有害なもんじゃないはずだ」

そういうことを言ってるんでもない。

「ほら、これで足元も危なくない。行くぞ！」

発煙筒を松明《たいまつ》代わりに巡る、夜の万座毛。一体どこに楽しみを見出したらいいのか分からない。

しばらく歩くと、左手側に繁っていた低木の連なりが切れて、ごつごつとした岩の断崖が現れた。遊歩道のある岬の向かいにも、もうひとつ入り組んだ岬が伸びていて、遥か下のほうから波が岩に砕ける重い音が響いてくる。

「ほら、あれが象の鼻だぞ」

父が向かいの岬を指差す。波に削られた岩が象の鼻のように見えるという触れ込みの名所だが、月明かりだけの暗闇に沈んで、一体どこがどのように象の鼻なんだか。

「分かんないよ!」

「えー、分かるだろ。ほら」

と、父が断崖に打ってある手すりギリギリまで身を乗り出した。　晴子さんが悲鳴を上げる。

「やめて！　落ちたらどうするの！」

「大丈夫だって」

父はさして長くもない足を調子に乗って柵にかける。晴子さんは益々悲鳴を上げた。

「分かった、見えた、象！　象！」

ぼくはそう喚《わめ》いた。どこがどのように象なんだかさっぱりだったが、とにかくこの場はぼくに象が見えなきゃ収まらないのだ。

「ほんとかぁ？　ほんとに見えたかぁ？」

「見えた見えた、すごいすごい。だから今度は昼間に見たいな、また連れてきて！」

精一杯子供らしくおねだりすると、父はやっと納得したらしい。

「よし、じゃあ岬をぐるっと回って帰ろうか」

「え、もうそれも今度でいいじゃん」

どう考えても、来た道を戻ったほうが早い。遊歩道の先はまだまだ続いている。

「いやいや、せっかくだから一周しないと損だから」

　一周するほうがぼくと晴子さんにとっては損だ。だが、明かりを持っている父に先に行かれてしまっては抗《あらが》う術《すべ》がない。

「リョウちゃん、行こう。明かりが切れちゃう」

　晴子さんは一足早く諦めの境地に達したらしい。

「夜の岬っていうのも雰囲気だなぁ、風も気持ちいいし」

　ぼくらには風を感じる余裕などない。

　遊歩道を三分の二ほど来た頃だ。

「あれ、そろそろやばいか？」

　煙はとっくに切れていた発煙筒の明かりが、その光をすっと弱めた。そして、ふっと消えてしまう。

「だから、戻ったほうがいいって言ったじゃないか！」

　ぼくが詰ると、晴子さんが横から執《と》り成《な》した。

「しばらく待ったら目が馴れるから。月も出てるし」

「心配するな」

　父がそう言って腰の後ろに手を回した。

「こんなこともあろうかともう一本ある！」

「あら、よかった！」

よくはない。この状況に陥った時点で断じてよくない。晴子さんは少し順応能力が高すぎる。

「撮影で一人であちこち潜ることが多いから、何があるか分からないしね。発煙筒はいつも余分に積んであるんだ」

言いつつ父は、二本目の発煙筒を焚いた。赤い光が燃え、煙がぶわっと湧き上がる。

「晴子さん、こっちのほうに夫婦岩《めおといわ》があったよな」

父が遊歩道を外れて岩場のほうへ歩く。明かりを持った人間に先導されてしまっては従うしかない。

と、ぼくはとんでもないものを見つけてしまった。

遊歩道から外れた岩場に、――『ハブに注意』。

「お父さん！　あの看板！」

どれどれ、と看板のほうに明かりを掲げた父が、「おや、まあ」と呟いた。

「おや、まあ。じゃないよ！　ハブがいるの!?」

「リョウちゃん、おばさんはここで見たことないから。あれは念のためっていうか」

晴子さんがそう説明してくれたが、安心なんてできるわけがない。

相手はハブなのだ。

「でも、絶対いないとは言い切れないでしょ!?」

ぼくの脳裡《のうり》には、本やＴＶで見たハブに嚙まれた人の傷口の写真が、各種取り揃えでぐるぐる回った。ぱんぱんに腫れた手、弾けたように裂けた傷口、腐ったように色を変えた皮膚。

「そりゃまあ、絶対とは言い切れないけど……」

「こんな暗かったら見えないじゃないか！　どうするんだよ、うっかり踏んで嚙まれたら！」

「うるさい、男がピーピー喚《わめ》くな！」

「誰のせいでこんなことになってるんだよ！　お父さんのせいだろ！」

「ああもう、分かった分かった」

父は「晴子さん、これ持って」と発煙筒を晴子さんに渡し、「ほれ」とぼくの前にしゃがんだ。

「おんぶしてやる。もしハブがいてもお父さんが嚙まれてやるから」

急にそんな殊勝なことを言われても。

「お父さんだって嚙まれてほしくないよ……」

それに、小学校五年生にもなってお父さんにおんぶしてもらうなんて、男としての沽券《こけん》に関わる。

ぼくがぐずぐずしていると、父が癇癪《かんしゃく》を起こした。

「早くしろ！」

こうなると、もう選択肢はない。ぼくは何年ぶりかで父の背中におぶさった。

汗っかきの父の背中は、夜風に吹かれていたのに少し汗ばんでいて、温かかった。

「カツさん、足元気をつけてね」

そう言いながら、晴子さんが発煙筒で父の足元を照らした。

「まだそんな年じゃないよ」

「でも、暗いから」

「晴子さんこそ、気をつけて。リョウのせいで手を引いてあげられないから」

「別に下りるよ」

「やせ我慢すんな」

父の背中に揺られながら、ふと呟きが漏れた。「――お父さんに最後におんぶしてもらったのって、」

父がシーッと囁いた。先を歩く晴子さんが「どうしたの？」と訊く。「何でもないよ」と父が答える。そして、ぼくも気がついた。

今を除けば、最後におんぶしてもらったのは、まだ母が生きていた頃だ。札幌で。雪道で転んで、ぼくが足を捻《ひね》ったから。

今は沖縄で。夜の岬に、ハブがいるかもしれないから。

「重くなったなぁ」

父が小さくそう呟いた。

波の音が砕ける。

その砕ける音に混じって、遠くから消防車のサイレンが聞こえてきた。

そのサイレンが、まさかぼくらを目指していたなんて、思いも寄らない。

「とんでもなかったよなぁ、あれは」

ぼやいたぼくに、おかあさんも「ほんとにねぇ」と笑いながら駐車場に車を入れた。

夕方浅く、今日の万座毛の駐車場は、まだまだたくさんの車が駐まっている。

「わ」ナンバーのレンタカーが一番多い。

＊

あの日はぽつんと一台きりだった車にぼくらが戻ると、真っ赤な消防車が駐車場に何台も走り込んできた。銀色の消防服を着た消防士がわらわらと車輌を降りてきて、
岬から戻られたんですか。何かあったんですか。

ぼくらは一斉に取り囲まれた。

聞くと、夜の岬に発煙筒が焚かれているのを近くのリゾートホテルの職員が見つけ、通報したという。電灯一つない岬で、うろうろ動く発煙筒の光は相当不穏に目立ったらしい。

すわ火事か事故かと緊急出動ですっ飛んできたら、現場にいたのは発煙筒を持った女性と、男におんぶされた子供である。

俄《にわか》に消防士たちの気配が殺気立った。
怪我ですか、ハブですか⁉
負傷者、子供！　救急車はもう出たか！
父が慌てて釈明した。
いや、これは違うんです！　単にこいつがハブを恐がるもんだから……
消防士たちの耳には「ハブ」までしか届かなかった。
ハブだ！　病院に血清を準備させろ！
大騒ぎになりそうな気配に、ぼくは慌てて父の背中を下りた。
ごめんなさい、大丈夫です！
すると消防士たちが寄ってたかってぼくを取り押さえた。
無理しちゃいかん、毒が回るぞ！
すみません、違うんです！
お母さんですか⁉　状況を詳しく説明できますか⁉
……夜の岬を一巡りするために、懐中電灯がなかったから発煙筒を焚いた。という
アホらしい顛末《てんまつ》に、ぼくたちはガッチリ怒られた。
いや、ほんとすみません。子供がどうしても見たいって言うもんだから。
見たいって言ったのはお父さんだろ！　ぼくは帰りたいって言ったじゃないか！

父とぼくの言い争いに、親子喧嘩は後にしなさいともうひとつ余計に怒られた。

そのトラウマで、万座毛に来るのはあれ以来だ。

「一回、ちゃんと万座毛を見せてあげたいと思って」

――象の鼻は、確かに象の鼻だった。波の侵食が、まったくの偶然でこんな奇景《きけい》を生み出すなんて、と素直に感動できる光景だった。

力強い波が遥か眼下の崖に砕け、白い波しぶきが岩肌を駆け上がる。

日暮れ前の海は、昼間の鮮やかな青を潜めている。だが、その分、夕焼けだ。

崖から頭を突き出す象にかかるパステルピンクの夕焼けは、まるでそのまま絵本の挿絵のようだった。

「夜じゃなけりゃあ、なかなかいいね」

「でしょう」

おかあさんはご満悦だ。

日のあるうちに歩くと、遊歩道はそれほど長くなかった。ただし、あちこちの景色を欲張って拾い歩いてしまうので、その分時間がかかる。

「ほらほら、リョウちゃん」

おかあさんが指差したのは、『ハブに注意』の看板だ。

「その思い出は消去しようや」

「いやぁよ、お父さんの思い出が減っちゃう」

歌うように言ったおかあさんが、遊歩道を外れて岩場へ向かう。

「ほら、あれが夫婦岩よ」

あの日は真っ暗闇で見られなかった。湾の中ほどに、大きな岩と小さな岩が並んでうずくまっている。

「これはまぁ……単に岩だよな」

象のような奇岩の前には霞む。

「ただの岩じゃないわよ、夫婦岩なんだから」

「夫婦っていうより……ポチとぼくって感じじゃない？」

小さいほうの岩が丸っこくて、人というより犬みたい。犬の散歩という感じだ。

「やだ、もう」

おかあさんがころころ笑う。

「今までお父さんとおかあさんに重ねて見てたのに」

「それなら大きいほうが犬だな、言うこと聞かずに飼い主ガンガン引きずるカツ犬」

おかあさんはますます笑って、止まらなくなった。

「晩ごはんは、行きたいお店があるの」

そんなことを言うから、どこか特別な店に行くのかと思ったら、那覇市内だけでもいくつも支店があるステーキハウスだった。

アメリカ文化の影響か、沖縄にはステーキやハンバーガーの食文化が牛丼屋並みにナチュラルに根付いている。

内地ではサシの入った柔らかなステーキがもてはやされているが、沖縄でステーキと言えば、定番は噛み応えのある赤身だ。ハンバーガーですら顎が疲れるほど気合いの入ったパテのものがあったりする。

「何度も来たじゃないか、ここ」

おかあさんが選んだのは、父が生きていた頃よく寄った店舗だった。大人になってみるとよく分かる、ドライブ帰りに立ち寄るのにちょうどの立地だ。

肉が食べたい盛りの小学生男子を連れて、リーズナブルにちょっとごちそう気分も味わえる。

「懐かしいでしょ？」

おかあさんは駐車場に車を駐めた。駐めにくいところしか空いていなかったのに、さすがはガイドだけあって運転が上手い。

ピークを少し過ぎていたので席は意外とすぐ空いた。余計なデコレーションは売りませんと言わんばかりのシンプルな四人掛けのテーブルに案内される。

「おかあさんねぇ、一度でいいからここのTボーンステーキ食べてみたくて」

「えー⁉」

Tボーンステーキは昔からこの店の看板メニューだ。T字の骨を挟んで赤身のヒレとサーロインを同時に食べられるステーキだ。ただし超ボリューミーで量は五〇〇gもある。はっきり言って、食べ盛りの男の大食い自慢のためにあるようなメニューだ。おかあさんと同年代の女性がこれを食べているところは見たことがない。

「無理だろ。でかいぞ、あれ」

父が何度か挑んでいたが、常に辛勝だった。お腹が減っているときは、いくらでも食べられるような気がしてしまう――というのは、子供の常だ。

当時、本物の子供だったぼくはといえば、父を反面教師に冷めた子供だったので、そのような無謀な戦いには挑んだことがない。欲張ってせいぜい三〇〇gのテンダーロインステーキだ。

そしておかあさんはといえば、当時でもテンダーロイン二〇〇gがジャストサイズだったはずだ。敗北は目に見えている。

「でも、お父さんがよく食べてたから」

「最後は苦しみながら食べてたのも見てるじゃん」

「だからよ」

「何でよ」

「あんなにおなかパンパンになって苦しんでるのに、それでも懲《こ》りずに何度でも頼むんだから、よっぽどおいしいんだと思わない？」

父の学習能力の欠如、という結論にならない辺りが、前向きというか優しいというか。

「もう、ずーっと気になってってね」

「ずいぶん長いこと気にしたたなぁ」

「でもほら、値段も高いし。会社の人やお友達とじゃちょっと恥ずかしくて食べられないし」

そりゃあ、アラフィフのほっそりした婦人がそんなものを頼んだら、連れはみんなびっくりする。

「家族が一緒のときじゃないと、チャレンジできないなって。でも、気にしたままで一生を終えるのも、何だか味気ない気がしない？　おかあさんね、後悔のない人生を生きたいの」

何だか壮大な人生論になってきた。

「いいよ、食べなよ。食べ切れなかったら俺が食うから」

「ほんと!?」

おかあさんが、ぱっと明るい笑顔になった。

「じゃあ、もうひとつお願いがあるんだけど」

「なに？」

「おかあさん、ビール飲みたいな」

なるほど、こちらの願いはよく分かる。車で晩ごはんを食べに出かけると、ビールを飲むのはいつも父だった。だが、おかあさんも飲めないクチではなかった。

「いいよいいよ、好きなだけ飲めよ」

「やったー！」

かくて、おかあさんは二十年越しの悲願だったというTボーンステーキとオリオンビールの生を頼み、ぼくはテンダーロインの二〇〇gと守りに入った烏龍茶《ウーロン》を頼んだ。三十二歳、そろそろコレステロールが気になるお年頃である。

注文を持ってきた店員さんは、最初当たり前のようにぼくの前にTボーンステーキを置き、ぼくがそれを訂正するとおかあさんの顔を無遠慮に二度見した。おかあさんは、ちょっと恥ずかしそうだ。

「ごめんねぇ」

というのは、ジョッキで出てきたオリオンビールについて。

「はいはい、どうぞどうぞ」

「じゃあ、かんぱーい！」

きめ細かい泡の立ったジョッキと、わびしい烏龍茶のコップがカチンと合わさる。

おかあさんは一気に半分ほど飲み干した。さすが二十年越しの悲願。

Tボーンステーキも、最初は快調にナイフを入れていたが、半分ほど食べた辺りで明らかに速度が鈍った。五〇〇gの半分、つまり単純計算で二五〇g。おかあさんのジャストサイズ二〇〇gは既にオーバーしている。

「俺、そろそろ食おうか？」

ぼくが助け船を出したのは、おかあさんが三分の二ほど食べ進んだ頃だった。

「ごめんねぇ……」

おかあさんは申し訳なさそうに残したステーキを寄越したが、むしろよく頑張ったものである。

「でも、最初はすごくおいしかった。お腹空いてたらお父さんなら懲りずに頼んじゃうわね」

「後悔のない人生になりそう？」

「おかげさまで。ありがとうね」

ぼくは自分の注文を控えめにしておいたので、少しお腹が苦しい程度で食べ終えた。摂取カロリーが恐いが、烏龍茶をお代わりして気分だけでも帳尻《ちょうじり》を合わせる。

店を出てふと目線を道の向かいにやると、雑居ビルの壁の足元に、お札のような石の板が貼り付けられていた。

石札には『石敢當《いしがんとう》』と彫ってある。これも沖縄に来たばかりの頃は分からなかったものだ。石だったりタイルだったり、新しかったり古かったり、字も手彫りだったり機械彫りだったり、様式は違えど町じゅうにこれがひっそりとある。

「あら、石敢當？」

おかあさんも気づいたらしい。

「初めて気づいた頃は恐かったんだよなぁ」

目線の低いところに貼ってあるので最初は気づかなかったが、一度気づくとそれは町の様々なところで目に飛び込んでくるようになった。

特に、古くて風化したようなものは、独特のオカルト的な雰囲気を醸《かも》し出しており、何やら魔術的なことに使われているのじゃないかと、気味が悪かった。——例えば、丑《うし》の刻《こく》参りのような呪いの儀式が、沖縄にもあるかもしれないじゃないか。

そして、取り立てて誰も話題にしないものだから、余計に秘密の気配がして、益々人には訊けなかった。仲良くなった金ちゃんにも。

よそ者が首を突っ込んだら祟《たた》られるかもしれない。テレビでオカルト番組やホラー映画を観た夜などは、バカバカしいと思いながらも、ふとそんな心配が頭をかすめてしまう。

その日も、ステーキを食べた帰りに、この石敢當が目に入った。夜だしオカルト的雰囲気はばっちりだったが、大雑把で神経が太いことには定評のある父が一緒だったので、呪いの儀式もすっぽ抜けてしまいそうな奇妙な心強さがあった。

ねえ、お父さん。あれ何だと思う?

ん?

ぼくと同じ石の札を見た父は、さも何でもないことのように言った。

石敢當じゃないか。

石敢當?

ほら、字が彫ってあるだろ。いしがんとうって読むんだよ。

石以外は、まだ学校で習っていなかった。

石敢當って、なに?

石敢當ってのはな、これは、石に敢《あ》えて當《あ》たるって書いてあるんだけど……

父は途中で説明が面倒くさくなったらしい。

晴子さん、パス!

ぶん投げられた晴子さんの説明は簡潔だった。

魔除けよ。

魔除けって……

晴子さんには、ぼくの顔が強《こわ》ばったのが分かったのかもしれない。慌てて「別に、本当に魔物がいるってわけじゃなくてね」と付け加えた。

沖縄では、魔物は強い風に乗ってやってくるって信じられてるの。強い風に乗って猛スピードでやってくるから、角を曲がるのが苦手なんだって。

そう言われると、何だか急に魔物という禍々《まがまが》しい響きが和らいだ。スピードを出しすぎて角を曲がれないなんて、何だかユーモラスで愛嬌がある。

だから、三叉路《さんさろ》とか丁字路《ていじろ》とか、真っ直ぐ吹き抜けられない場所だと、勢い余って突き当たりの壁の中に飛び込んじゃうんだって。

『飛び出すな。魔物は急に止まれない』——違うな。『命落とすな、スピード落とせ』か。

だから、三叉路や丁字路に建ってる家や建物には石敢當を貼るの。石敢當を貼ってたら、魔物は石にぶつかって砕けちゃうの。

と、いうわけだ！　石に敢えて當たって砕けるから石敢當、分かったか？

父がいいところだけ偉そうに横から持っていった。

何にも説明しなかったろ。

触《さわ》りは説明しただろうが。お父さんが敢えて晴子さんの前座を務めたんだ。

ああ言えばこう言うのも、子供の習性。
ぼくは父を無視して晴子さんに尋ねた。
うちにも石敢當あったっけ？
うちは、突き当たりじゃないから大丈夫だよ。
魔物ってどこから来るの？
海から……かな？
ぼくと晴子さんは石敢當の話で盛り上がったが、それが失敗だった。
よーし！
父が、いきなりぼくたちの会話に割って入った。
石敢當を見つける競争だ！　先に十個見つけたほうが勝ち！
ああ言えばこう言う子供は、無視されることも嫌いなのである。
何でそんな競争、今しなきゃならないんだよ！
今思いついたからだ！　いーち！
父は話題に上っていた石敢當をすかさずカウントした。
ずるい！
はっはー、油断大敵だ！
一体、何の油断なんだか分かりゃしない。

二つ目もいただくぞ！

父は猛然と夜道を駆け出した。

カツさん、わたしはリョウちゃんとチームだからね！

晴子さんが父にそう叫んだ。

大丈夫だよ、地元はおばさんのほうが詳しいからね。

そのときの晴子さんの何と心強かったことか！

「石敢當、探そうか」

おかあさんが、急にそう言った。

「なに言ってんだ」

笑い飛ばそうとしたら、おかあさんが急に石敢當を指差した。

「いーち！」

あの日と同じ石敢當を、あの日の父と同じように。

「ちょ、ちょっと」

「二つ目もいただき！」

おかあさんが、夜の中へぱっと駆け出す。ぼくは出遅れた。

何だろう、このばかばかしい既視感。——ばかばかしくて楽しい既視感。

地の利は向こうにある。ぼくにあるのは馬力だけだ。ぼくは遅れを取り戻すべく、走った。

「にーい！」

響いたのは、おかあさんの声じゃなかった。野太いおっさんの声だ。

見ると、張り切って走っているおっさんの背中。

どこの家族も、と苦笑した瞬間、目の端をふとよぎったのは走る子供の姿だった。

急ブレーキを踏んだように足が止まる。慣性で体が前へつんのめる。

子供のほうも足を止めた。

「そっちも？　お互い大変だね」

またか。――苦笑した子供はぼくだ。

「今は変えられた？」

「おかげさまでね」

「だったら、よかった」

続けて「頑張ったね」なんて言いやがったら、他ならぬぼくでも小突いてやるからな。

と、

「リョウちゃん、こっちこっち！」

曲がり角から呼んだのは、おかあさん――いや、晴子さん。

「こっちのほうにたくさんあるのよ」

ぼくは晴子さんのほうへ走った。もうぼくのほうは振り返らない。

「にーい！」

声変わり前のぼくの声が、夜の奥に響く。

「くっそー、追い着かれたぁ！」

本気で悔しがっている父の声。

月が出ている。静かな白い光。淡い影を振りまいて走り回るぼくら。

「リョウちゃん、おかあさんもう三つよ！」

あれはおかあさん。

「リョウちゃん、その角曲がって」

あれは晴子さん。

どこからどこまでがぼくらだ。どこからどこまでがぼくらだった。

どこからが今で、どこまでが過去だ。

酔っ払ったような目眩《めまい》が襲う。ふわふわと変に心地好く。

ぼくらの競争は、おかあさんの圧勝で終わった。

あの日のぼくらは、どうだったっけか。

二日目

＊

転校してきて初めてのゴールデンウィークが明けた。

「よう、サカモト。これお土産」

ラベンダーが咲いていない富良野へ家族旅行に行った金ちゃんは、ぼくにお土産をくれた。

「おっ、サンキュ」

まあ、何が出てきてもぼくにとっては馴染みの品物だけど、お土産を買ってきてくれたという気持ちが嬉しい。

だが、紙袋を開けて、その感謝の気持ちは吹っ飛んだ。

「他に何かあっただろ……」

「面白いだろ」

「面白くねーよ、ベタ過ぎ！」

金ちゃんが買ってきたのは、道民からも悪評高いジンギスカンキャラメルだった。

そのお味は、悪ふざけにも程がありすぎるというか、食べ物で遊んじゃいけませんという教えを真っ向から全否定というか……もっと率直に言えば、ラム肉とニンニクの臭いがする生ゴミをキャラメル状に固めたような代物だ。

「サカモトは？　どっか行った？」

「鍾乳洞見て、これ作ったくらいかな」

ぼくは机の脇にぶら下げた布の手提げを見せた。きれいな青いグラデーションの魚模様だ。

「紅型《びんがた》体験？」

紅型というのは、沖縄に昔から伝わる染め物だ。糊《のり》で型を抜いた布にブラシで染料を載せていく、沖縄風のステンシルという感じだろうか。

「あと、シーサーも作った」

「しょぼいなー。ウチナンチューなら幼稚園でクリアしてるスポットじゃねーか」

ウチナンチューが沖縄の人ということは、もう分かるようになっていた。

「仕方ないじゃん。ゴールデンウィーク、晴子さんかき入れどきだもん」

「そっか、義理のかーちゃんガイドだったな」

と、担任の先生が教室に入ってきた。

「お、隠せ隠せ。取り上げられるぞ」

ぼくとしてはむしろ、わざと机に出しておいて没収されたいくらいの気分だったが、金ちゃんはぼくの手提げにジンギスカンキャラメルを滑り込ませてしまった。

朝礼が終わって、一時間目は図工だった。

「もうすぐ母の日だから、お母さんの絵を描きましょう」

おばちゃん先生が出したお題は、ジンギスカンキャラメル以上に面白くない、ベタベタのベタだった。

晴子さんを描いたら喜ぶだろうな、と一瞬思った。でも、晴子さんを描いたら、母が寂しがるなと思った。まだ、いなくなって一年と少し。

父がもうすっかり母のことを忘れたように振る舞っていることも、母に肩入れする大きな理由になっていた。——ぼくくらいは、お母さんのことを覚えていてあげないと。

晴子さんは、お父さんの新しい奥さんだけど、まだぼくのお母さんじゃない。そういう理屈で、配られた画用紙には、亡くなった母を描いた。

絵はそのうち家に持って帰らされるだろうけど、晴子さんに見せなければいい話だ。ところが、先生は授業の終わりに絵を集めながら、とんでもない後出しじゃんけんをした。

「今日みんなが描いた絵は、教室の後ろに飾って、母親参観のときにお母さんに見てもらいましょうね」

聞いてないよ！　と焦ったが、いやいや待てよ。

どうせ、ぼくは絵が上手くない。誰を描いたかなんて分かりゃしない。それに気がついて、ほっとした。描き分けのポイントなんてせいぜい髪型くらいだが、母と晴子さんは髪の長さも似たようなものだ。

更に、もう一つラッキーなことがあった。

母親参観日は、母の日の前日の土曜日だったが、晴子さんはどうしてもキャンセルできないガイドの仕事が入ってしまっていたのだ。

その日、帰ってきた晴子さんに参観日のことを伝えると、晴子さんは仕事の手帳と首っ引きで予定を調整しようとあちこち電話をかけてくれたが、

「ごめんね、どうしても無理だわ」

晴子さんは、かわいそうなくらいしょんぼりとしてしまった。

「そうよね、小学生の子供がいたら、参観日ってものがあるのよね。おばさん、ばかだった」

「大丈夫だよ、別に」

父が参観日のプリントを見ながら慰める。

「ほら、お母さんが無理な場合は、家族の誰かって書いてある。俺が行くから」

「そうだよ。それにうちは今までずっと、母親参観はお父さんが来てたんだから」

「そっか、お母さんって学校の先生だっけ」

「そうそう。だから気にしないで」

ぼくとしても、お母さんの絵のことが少し後ろめたかったので、父が来るほうが気が楽だ。

「それより、ほらこれ。今日、金ちゃんにお土産もらったんだ。ゴールデンウィークに北海道行ったんだって」

ぼくは座卓の上に、ジンギスカンキャラメルを出した。

父とのアイコンタクトは一瞬。

「おっ、これかぁ！」

わざとらしいくらい張った声で、方向性は決まった。

「ジンギスカンキャラメル……!?」

不審そうに眉をひそめる晴子さんに、父は「いいから、ひとつ食べてごらんよ」と手ずから封を切って一個渡した。

「意外や意外に、予想以上だから」

「ほんとに？」

晴子さんは恐る恐るキャラメルの紙を剝《む》いて、口にそっと入れた。

「!?」

表情の変化は劇的だった。父とぼくは大爆笑だ。

「意外や意外に、予想以上に不味《まず》いだろ⁉」

「カツさん、ひどい！」

とっさにティッシュのほうへ晴子さんの手が伸びるが、ぼくはパッと取り上げた。

「ダメダメ、金ちゃんのお土産なんだから」

晴子さんは涙目だ。

「頑張れ！　高速で嚙めば意外と味が薄れるから！」

その裏技はぼくも初めて知った。だが、生ゴミの味がするキャラメルを高速で嚙むのも至難《しなん》の業《わざ》だ。

晴子さんは席を立ち、ぼくらが止める間もあらばこそ、台所へ駆け込んだ。流しで吐き出すのかと思いきや、コップ水をぐいっと呷《あお》り、水の勢いで飲み下した。

「二人とも〜〜〜〜！」

そして晴子さんはずかずかこっちに向かってきた。ぼくには遠慮があるだろうけど、お父さんは一発くらい頭をはたかれるかな、と思ったら、晴子さんの行き先は居間のタンスだった。

抽斗を引っかき回して取り出したのは、トランプだ。

カツンと音高く座卓にトランプのケースを置き、

「神経衰弱ね！　わたし強いよ！」

おお？　と父が面白そうに片眉を上げる。

「負けたら一個ね！　なくなるまで毎晩やるよ！」

意外と負けず嫌いだ。

「面白い、受けて立とうじゃないか。その代わり、水で飲み下すのは禁止な」

「いいよ、負けないもん」

宣言どおり、晴子さんは負けなかった。記憶力がとにかくいいのだ。一度など父が「おっと手が滑ったぁ！」と場の札をかき混ぜるという反則技に出たが、無駄な抵抗だった。

反則のバチが当たったのか、ぼくと僅差《きんさ》で敗者は父。

「久しぶりに食うと滲《し》みる〜〜〜！」

父は眉間にシワを立てながら、高速でキャラメルを咀嚼《そしゃく》して飲み込んだ。ほんとに利くんだ、高速咀嚼。と、ぼくはそっちに驚いた。

「神経衰弱じゃ晴子さんに有利すぎる。ポーカーにしよう、勝負も早いし」

ゲームとペナルティが楽しくて、結局ジンギスカンキャラメルは一晩でなくなってしまった。

ぼくがポーカーを覚えたのは、金ちゃんのジンギスカンキャラメルがきっかけ――ということになる。

キャラメルがなくなってからも、ときどき家族で何かを賭けてポーカーをするようになった。

金ちゃんは、もしかすると、とてもいいお土産をくれたのかもしれない。だからといって、もう一度ジンギスカンキャラメルを欲しいとは、西からお日様が上ったたって思わないけど。


母親参観の日は、しとしと雨が降っていた。

「遅刻しないでよ。静かにしててよ」

ぼくは父にそう言い含めて、先に家を出た。注意しておかないと「おーいリョウ、来たぞ」と小声で呼びかけたり、手を振ったり、うるさくて仕方ないのだ。遅刻などしたら「いやいや、すみませんどうも」なんて手刀《てがたな》を切りながら入ってくるので最悪だ。

沖縄の女の人は働き者が多いので、母親以外の家族が来ている家はけっこうあった。おばあちゃんとか、おじいちゃんとか。うちと同じく、父親が来ている家も。

これなら父が目立つことはないだろう、とほっとする。

ぼくらのクラスは国語の授業だった。

「いつもと同じ姿を家族の皆さんに見てもらいましょうね」

担任はそんなことを言ったが、いつもより明らかに化粧が濃くて服が派手だ。生徒もみんな、そわそわしている。

授業の途中で教科書の朗読があり、出席番号でぼくが指された。「よっ」なんて声がかかったらイヤだな、と思いながら席を立って読む。

余計な茶々は入らなかった。もしかしてまだ来てないのかな、と思って、ちらっと教室の後ろを窺う。

すると、ちょうどぼくの真後ろに父は立っていた。――とても厳しい顔をして。

何で、あんな真面目な顔してるんだろう？　ぼくは首を傾げながらまた前を向いた。

授業が終わって、みんな家族と一緒に帰った。ぼくも当然、父のところへ行った。

父はさっさと教室を出て行くところで、ぼくは慌てて後を追った。

「お父さん」

呼びかけても父は振り返らなかった。走って並ぶと、厳しい顔のまま真っ直ぐ前を向いている。

機嫌でも悪いのかな。まさか、参観中に誰かの親と揉めたりしてないよな、などという不安がよぎる。

昇降口で傘を差し、そぼ降る雨の中を歩き出す。

「お父さん……」

何度目かの呼びかけで、ようやく父が口を開いた。

「何で晴子さん描かなかった」

えっと思わず声を飲んだ。教室の後ろに飾られたお母さんの絵のことだと気がつくまでに、しばらくかかった。

父には、あの絵が死んだお母さんだと分かったのだ。

「今日、晴子さんが来てたら、傷つくと思わなかったのか」

ぼくの描いた絵を見分けられるのは、たぶん父だけだと思う。だが、それは言い訳にならない。言い訳にしてはいけないと気配で分かった。

「……参観日に飾るって知らなかったんだ。だから、晴子さんに見せなかったらいいと思って。だけど、描き終わってから、先生が参観日に飾るって……」

最初からそうと知っていたら、さすがに晴子さんを描いた。晴子さんとは身の上話を聞いてからはだいぶ打ち解けていたし、ぼくはそこそこ空気を読む子供だ。

「最初から晴子さん描いときゃよかったろ」

それには頷けない。

「……ぼくが忘れたら、お母さんがいなくなっちゃうよ」

父はいらだったように何か小さく吐き捨てた。気のせいじゃなかったら、――もういないんだよ、と聞こえた。

「あの絵、学校から返されても、晴子さんに見せるなよ」

「うん」

ぼくはそこまで空気を読めない子供じゃない。

それから後、家に帰るまで、ぼくらはずっと無言だった。

ずっと雨粒が地面をしとしと叩いていた。

＊

……地面を絶え間なく叩く雨音で目が覚めた。

沖縄の二日目はあいにくの雨。

のそのそ起き出して居間へ行くと、おかあさんがもう台所に立っていた。

「起きた？」

生返事をしながら、仏壇で一つ鈴《りん》を叩く。あっけらかんとした笑顔の父の写真に、ごめんよと心の中で呟く。

そんでもやっぱり、あのときの俺は、晴子さんじゃなくてお母さんを描いたと思うよ。

その後の出来事は、いろいろ間が悪かったけどさ。

「朝ごはん食べたら出かけるよ」

「雨だよ」

「雨なら雨で楽しみ方はあるものよ。雨だからどこもご案内できませんなんて言ってたら、ガイドは商売上がったりだわ」

確かにそれはそのとおりだ。

顔を洗って戻ってくるとポーク卵ができていた。これも米軍の落とし物というべきか、沖縄の人はスパムやチューリップなどのランチョンミートが大好きで、ポークと呼んで親しんでいる。このポークの薄切りを焼いて卵焼きを添えたポーク卵は、朝食の定番メニューだ。

白いごはんをつけて、味噌汁の実はアーサ。内地の言葉だとアオサだ。海ぶどうもそうだが、海に囲まれた沖縄では海藻をよく食べる。採れるわけではないが、昆布も細切りにしてイリチーという炒め煮にするほどだ。

水色の軽のハンドルを握るのは、やはり今日もおかあさん。

「今日は俺が運転しようか？」

一応そう申し出てみたが、「リョウちゃん道知らないもの」と辞退された。

「おかあさん、ナビより早いのよ」

さすがはガイド。

雨足は強くないが、雲がぼったりと重く、晴れ間は望めそうにない天候の中、ぼくたちは出発した。

「どこ行くの？」

「昨日と地域はかぶっちゃうけど、久しぶりに玉泉洞《ぎょくせんどう》へ行ってみようかと思って」

「昔、ゴールデンウィークに行ったよな」

それこそ、夢で見たばかり。金ちゃんにジンギスカンキャラメルをもらったときだ。斎場御嶽《セイファーウタキ》からほど近い、沖縄最大級の鍾乳洞。確かに、洞窟に潜ってしまえば雨は関係ない。体験教室のテーマパークも併設していて、暇つぶしにはもってこいだ。

「シーサー作ったよな、一人いっこずつ」

陶芸体験の中に手作りシーサーのコースがあったのだ。陶芸とはいってもシーサー作りは手びねりの粘土遊びに近く、講師の先生の言うとおりに粘土を捏《こ》ねていたら、簡単に出来上がってしまった覚えがある。

俺とリョウのは玄関の外に飾って、晴子さんのは台所に置こう。

父は作る前から置き場所の内訳を決めてしまった。

えー、せっかく作るんなら家の中に置きたいよ。外だと吹きさらしじゃないか。

ぼくが文句を言うと、父は、何言ってんだと偉そうにお説教をした。

男は、外を守る！　当たり前だろう。

じゃあ、晴子さんは台所でなに守るのさ。一人だけ家の中でずるいよ。

晴子さんは女の人だから、竈《かまど》の神様をお守りするんだよ。沖縄は、ヒヌカンっていう竈の火の神様がいるんだ。

火の神と書いて、ヒヌカンと読みを当てるらしい。沖縄の言葉は、不思議な異国の言葉のようでいて、慣れてくると何となく内地の言葉と互換が利くようになってくる。

カツさん、詳しいね。

びっくりした様子の晴子さんに、父は誉めてもらった子供のように自慢げだった。勉強したんだ、晴子さんのふるさとだから。大切な人が大事にしてる土地のことは、ちゃんと知りたいだろ。

晴子さんは嬉しそうだったが、ぼくはちょっと複雑だった。――お母さんは？　とやっぱり思ってしまう。

北海道のことだって、すごく詳しかった。生まれ育った土地じゃないのに母のことを好きになったから移り住んで、まるで根っから地元の人みたいに、いろんなことをよく知っていた。

だから、ぼくは祖母に聞くまで、父が地元生まれじゃないなんて想像もしなかった。

「あー、そっか」

無意識の呟きに、おかあさんが律儀に「なぁに？」と返してくれたが、「ごめん、独り言」とごまかす。

あの日、母の日の絵に晴子さんを描けなかったのは、父のその言葉が引っかかっていたせいだ。――お母さんは？　お母さんの大切なふるさとだった北海道のことは、もう忘れちゃったの？

ジンギスカンキャラメルでポーカーをしたのが絵を描く前だったら――北海道ネタ

であれだけはしゃぐ父を見た後だったら、和を以て尊しと為《な》す性分のぼくは、家庭に波風が立つのを嫌って、消極的選択として晴子さんを描いたかもしれない。

世の中、間が悪いときは間が悪いことが重なるものだ。

手びねりのシーサーは、子供でも作れるくらい簡略化した手順が出来上がっているが、やはり器用不器用によってシーサーの表情は変わる。

晴子さん、上手いなぁ！

父が感心して唸《うな》るほど、晴子さんが粘土を扱う手つきはこなれていた。ガイド仕事でシーサー作りは何度も経験していたらしい。お手本のように上手なシーサーを完成させて、講師のおねえさんに「お母さん、上手ですね！」と誉められていた。

何度かやったことがあるので……

ごにょごにょそう答えた晴子さんは、カンニングでもしたような気分だったのかもしれない。

現役小学生として粘土に慣れ親しんでいたぼくも、なかなかの出来だった。ちょっと小太りになったが、ユーモラスで愛嬌のあるシーサーになったと思う。

予想外に下手くそだったのが父である。写真家だし、芸術的才能は一番豊かなはずだったのに、父の美的センスは写真に特化していて、立体造形にはまったく恵まれていなかったようだ。

シーサーは魔除けなんだから、恐くないとな！

そう言って迫力のあるシーサーを作ろうと張り切っていたが、仕上がりは崩壊寸前だった。

いや、こうじゃないんだ、こんなはずじゃゃ……

諦め悪くディテールに凝れば凝るほど裏目。見る者を精神的に不安定にさせるような絶妙なバランスがますます増幅されていく。

大丈夫だよ、お父さん。ある意味恐いよ。

そうよ。わたしが魔物だったら、こんなもの作る人がいる家には入りたくないもの。

ぼくと晴子さんは口々に恐い恐いとフォローしたが、
俺はそういう恐いは目指してない！

ちょっとフォローの方向性を間違ったようで、父はへそを曲げてしまった。

シーサーは、釉薬《うわぐすり》をかけて焼き上がったものを後日送ってもらえる。

くっそぅ、リベンジだ！　もういっこやるぞ！

子供は、自分が勝つまで終わらない。父が選んだ体験教室は、紅型染めだった。

大人げない選択だなぁ、もう。

写真家なんだから、色のセンスは飛び抜けているに決まっている。

何とでも言え。お父さんだって、ちょっとはいいとこ見せないと。

ぼくと晴子さんは小さなコースターを選んだ。ぼくは魚柄で、晴子さんはハイビスカス柄。父は一番大きな手提げ袋だ。花が咲き乱れ、鳥が飛び交うものすごく複雑な柄だった。

　染料は薄い色を先に載せ、濃い色を後から載せてグラデーションを作ると教わった。晴子さんは見本のとおりに色を載せ、ハイビスカスを上手にピンクに塗った。

　ぼくはブルーのグラデーションを作るつもりだったのだが、先生の説明をちょっと勘違いしていて、全体を真っ黒に近いような紺色にしてしまった。先に塗った色は、絶対に残るものだと思っていて、後から後から色をべた塗りしてしまったのだ。

　晴子さんのものと比べると、明らかに仕上がりが違った。家に持ち帰って陰干しし、アイロンをかけたり洗って糊を落とす作業が残っているが、その作業が終わっても、このべた塗りの紺からグラデーションが立ち上がってくるとは思えない。

　晴子さん、何かぼくの変じゃない？

　訊くと、晴子さんがぼくのコースターを見て、「あらぁ」と目を丸くした。

　全部塗りつぶしちゃったのね。グラデーションを出したいところは薄い色を残して塗るのよ。

　晴子さんはそう教えてくれたが、後の祭りだ。

　でも、これはこれで渋い仕上がりになるかもよ。

父のフォローは失敗した晴子さんだが、ぼくのフォローは上手にしてくれた。

父はといえば、息子のことも奥さんのこともほったらかし。ひたすら、黙々と染料ブラシで布を叩いている。

いろんな色を使って、時には用意された染料を混ぜたりしながら新しい色を作り、見本にもないような繊細な色使いで大きな図柄を鮮やかに染め上げた。

うわぁ、カツさん、上手！

晴子さんが拍手して、父はご満悦《まんえつ》。確かに周りの人たちもびっくりするほどの大作だった。

よーし、もう一枚！

えー、まだやるの？

すぐ調子に乗るんだから、とぼくがげんなりしたら、なに言ってんだと父からデコピンが来た。

リョウの分がまだだろう。晴子さんがお花だから、リョウは魚な。

そして、父は係の人から魚の柄の手提げ袋をもらい、ぺたぺた色を塗りはじめた。

わたしたちももう一枚やろうか。

晴子さんがそっと囁いた。

カツさんのも作ってあげようよ。みんなでお揃いにしよう。

家族でお揃い、と言わない辺り、晴子さんの遠慮が感じられた。

そうだね。ほっといたら次は俺の分って言い出しかねないし。

ぼくの返事は、ちょっとポーズだ。

父の手提げは、手びねりでちっとも上手く行かなかったシーサーにした。ちょっと漫画っぽいユーモラスなシーサーの柄は、父にぴったりだ。今度は晴子さんと一緒にやったから、色つけもまあまあ上手に出来た。

仕上げの作業は、家に持って帰ってから晴子さんがやってくれた。

すごいねえ、カツさんのはお店で売ってるみたいねえ。

父が染めた晴子さんの手提げは、ピンクを基調にしたパステルカラーが実に細かいグラデーションになっていて、いかつい顔のおっさんの作品とは到底思われないほどかわいらしかった。

ぼくの魚模様の手提げも、エメラルドグリーンからコバルトブルーまでのグラデーションが、まるで沖縄の海のようで見事だった。

晴子さんのも上手だよ。リョウは……何でこんな真っ黒にしちゃったんだ？

父が言ったのは、ぼくの作ったコースターだ。やっぱり魚は真っ黒に塗り潰されてしまっていた。

こうなっちゃったんだよ。でも、お父さんのシーサーは、上手に塗れただろ。

なーにが。晴子さんに手伝ってもらったんじゃないか。

子供に花を持たせるということを、父は一生覚えなかった。

わたしが手伝ったのは、ほんの少しよ。ほとんどリョウちゃんが塗ったんだから。

子供のいない晴子さんのほうが子供の機微《きび》が分かっているというのはどういうわけだ。

手提げは、家族全員よく使っていた。ぼくは学校用の手提げにしたたし、晴子さんは買い物用のサブバッグにしていた。父もカメラバッグの中で小物の仕分け袋に使っていた。

「あの手提げ、どうしたっけ」

「リョウちゃんのはまだあるわよ。お部屋のタンスの抽斗にしまってあると思うわ。お父さんとおかあさんのは、もうなくなっちゃったけど」

玉泉洞に着くと、平日にも拘わらずテーマパークの駐車場はかなり車が多く、第一駐車場には入れずに第二、第三と施設から離れた奥のほうまで係員に誘導された。

「傘どうする?」

雨は小やみになっていたが、入り口までかなり歩くので、帰りに降りが強まったらずぶ濡れになりそうだ。

「一本だけ持っていきましょ、降ったら相合い傘で」

ぼくの傘のほうが大きいので、ぼくの傘を持って車から降りる。

雨のせいか家畜のにおいが強くした。どこか施設の裏手のほうに牧場があるらしい。沖縄はヤギ食が盛んで、飼っている牧場はあちこちにある。

入場すると、ちょうど園内のハブセンターでハブのショーが始まるところだった。

「昔、見たわねぇ。ハブとマングースのショー」

「親父が見たがったからね」

ぼくが嫌だというのに、強引にチケットを買って入ってしまった。しかもステージの真ん前だ。係のおじさんが漫談のようにべらべら軽口を叩きながら、プラスチックの籠から生きたハブを取り出すので、ぼくは生きた心地がしなかった。

父が「わっ」と背中を叩いて脅《おど》かしたりするので余計だ。

ハブとマングースの対決は、俊敏さでマングースがハブを瞬殺。わりと呆気なかったことを覚えている。かわいい顔して何て恐ろしい動物だ、と戦慄したものだ。

ショーの後、センターから余計なサービスがあった。白いニシキヘビと記念写真を撮れますよというやつで、これを見過ごすなんて子供じゃないし、父はもちろん子供じゃなかった。

リョウ、行くぞ！　こんな機会、滅多にない！

いらないいよ、そんな機会！

大人の腕より太いニシキヘビを首にかけて写真なんて、お年玉を五万円もらってもごめんだ。十万円ならちょっと考える。

「リョウちゃんは蛇が嫌いだったものねえ」

「毒があろうとなかろうと、この世の中の良い蛇は死んだ蛇だけだ」

この持論は今に至るも変わっていない。

そのときは結局、列の最初に並んだ父が順番を譲らないし、酔狂にもわざわざ蛇と記念撮影をしたいというお客が後を絶たないし、分別のある子供だったぼくとしては、さっさと根負けせざるを得なかった。

意外とさらりとした冷たい感触は、首筋にまだ覚えている。

「今は、マングースとエラブウミヘビの水泳競争になってるのよ」

「ハブ、欠片《かけら》も残ってないな！」

「動物愛護法とか何とかでね。ハブは、対決の前に見せてくれるの」

「完全に前座じゃないか」

ハブセンターだというのに。庇《ひさし》を貸して母屋取られるとはこのことだ。

「せっかくだから見ていこうか」

全力で拒否権を発動したかったけど、沖縄にはおかあさんに付き合うために帰ってきた。見たいというなら付き合うほかない。

酔狂にもわざわざ凶暴な長いものが見たいという人は多く、ぼくらはかなり後ろの席になった。ありがたやありがたや。

前座のハブは、お湯の入った風船に飛びかかって一嚙みで割るのが最大の見せ場。

一方、母屋を乗っ取ったマングースとエラブウミヘビはといえば、上下にコースを分けられたプールにスタンバイした状態で出てきた。どちらもケージに入っている。マングースは、しばらく落ち着きなく狭いケージの中をうろうろしていたが、やがてくるんと丸まった。

エラブウミヘビはといえば、もつれたロープみたいにぐるぐるになっている。

「毒はコブラの数十倍。でもたいへんおとなしい性質なので、人を嚙むことは滅多にありません」

いくらおとなしかろうが、良い蛇は死んだ蛇だけだ。コブラの数十倍なんて猛毒がある時点で有罪《ギルティ》である。

「どっちが勝つと思う？」

おかあさんが横からそう訊いてきた。

「んー？」

ぼくは遠目に両者を眺めた。丸まって寝ているマングースとぐちゃぐちゃもつれたエラブウミヘビ。どちらもやる気はなさそうだ。

「……でもまあ、ウミヘビなんじゃない？」

何しろウミヘビである。哺乳類に負けるようでは存在意義がない。

「賭けようか。おかあさんはマングース」

「賭けるって、何を」

「決まってるじゃない、記念撮影よ」

ニシキヘビとの記念撮影はまだ健在か！

「そんなもんがかかるならもっと熟考させろよ！」

「もうダメ、締め切りました」

おい、頼むぞ、エラブウミヘビ。お前の存在意義を示せ。

ぼくが祈る中、スタート合図とともに両者のケージの床が抜けた。同時にボチャン。

わぁっと歓声が上がったのはマングースの泳法に対してだ。くつろいでいるところを水中に落っことされたのだから当たり前だが、高速回転の犬かきでゴールを目指し、懸命さがなかなか愛らしい。

エラブウミヘビのほうは、のったらくったら水中で体をくねらせていたが、やがてすうぃっと泳ぎ出した。おっとこれはなかなかの追い上げ——と思いきや、

「ああー！」

思わず声が出た。

エラブウミヘビは、何を思ったか狭いコースでひらりと体をくねらせて、逆走したのだ！

高速犬かきのマングースはその間に悠々ゴール、係員に抱き上げられてタオルで体を拭かれている。

エラブウミヘビは、ケージの真下まで戻って「戻せー、戻せー」というように宙に向かって首をもたげている。

蛇め！　これだから爬虫類《はちゅうるい》は！

「今日のお客さんは運がいいですよ」

係員がそう説明した。

「実はエラブウミヘビくん、こんなに泳いでくれるなんて珍しいんです。いつもは、ボチャンと水に落ちたまま、底で丸まってたり……」

ぼくはおかあさんを横目でじろりと睨んだ。

「知ってたろ」

ガイドのおかあさんは、この手のショーは何度も見たことがあるはずだ。

「勝ちは勝ちよ」

おかあさんはそう言って、さっさと記念撮影の列に並びに行った。まるであの日の父みたいだ。

「はい、チーズ」

おかあさんは、満面の笑みでぼくにスマホのカメラを向けたが、このうえ笑顔までサービスしろというのは横暴だ。

「しかも自分は撮らないし」

ぼくはぼやきながら首筋をさすった。まだ鳥肌が立っている。

「けっこう重いんだもの、蛇さんは」

おかあさんはしれっとぼくをあしらいつつ撮ったばかりの写真を見た。しかめっ面のぼくを見て、懐かしそうに笑う。

「背丈は大きくなったけど、昔と変わらないわね」

「ああ、そう。そりゃよかった」

おかあさんが喜んでくれたんだったら、何よりだ。ぼくも自己犠牲の甲斐がある。

玉泉洞は施設の一番奥だ。

入洞口でチケットをもぎってもらい、地下へ続く階段を下りていくと、階段の中程から急激に湿度が上がった。肌に蒸し暑い空気がまとわりつく。

鍾乳洞の中に入ると、天井から何千本もの鍾乳石のつららが垂れ下がっている。

圧巻の光景だ。

だが、歩いているうちにその圧巻にも慣れてくる。

に切ってある。
「思い出したよ、この大らかさ」
鍾乳洞は金属板で敷かれた通路に沿って、明らかに邪魔なところをおかっぱのよう
に切ってある。
おかあさんが思い出し笑いのようにふふっと笑った。
「お父さんがものすごく歴史を慮った勘違いをしてくれてたわね」
いいか、鍾乳石は一センチ育つのに百年以上もかかるんだぞ。遊び半分で折ったり
傷つけたりしちゃいかん。
父は歩きながら偉そうにそんな講釈を垂れたが、そんなことぼくだって知っていた。
何故なら、つい数日前に、テレビの自然番組で鍾乳洞の特集をやっていたのだ。
しかし、父はぼくに教えを賜っているのだから、一緒にテレビ観たじゃん、などと
水を差してはいけない。いろいろと面倒くさいことになるからだ。
だが、講義と実態が明らかに食い違っている場合は、それを見過ごすことは難しい。
でも、ここの鍾乳石、明らかに切ってあるよね。
ぼくは通路の奥を指差した。奥まで、ずっと通路の上はおかっぱだ。
中には、一抱えもあるようなぶっとい鍾乳石を潔《いさぎよ》く刈り込んであるところも。断面
に数十個も再生しようとしている水滴型の鍾乳石がくっついている。
ん⁉　んん〰〰〰。

父もぼくに言われて不自然なおかっぱに気づいたらしく、考え込んでしまった。

そして、
そうか、分かったぞ！

ピコーン、と暗がりの中に漫画のような閃《ひらめ》きマークが浮かんだかのようだった。

戦争の爪痕《つめあと》だ！

父の真剣な顔に釣り込まれて、ぼくも思わず神妙な顔になった。

沖縄は本土決戦があっただろう。当時は鍾乳洞や自然の洞穴も防空壕として使われてたらしいから、きっと避難するのに邪魔にならないように切ったんだ。

思えば、玉泉洞の近くにはひめゆりの塔や平和祈念《きねん》公園があるから、そういう連想に繋がったのだろう。そして、その説はいかにももっともらしく聞こえた。

そうか。戦争の爪痕はこんなところにも……とぼくもしんみりした。

すると、
カツさん、ごめん、違うの。

晴子さんが申し訳なさそうに水を差した。

違うって、何が？

そういう鍾乳洞もあったかもしれないけど、ここは違うの。戦争中は湖の中に水没してて、そもそも人が入れなかったの。

え？　父とぼくは目が点になった。

水を抜いて、オープンしたのは戦後なの……

じゃあ、このカットは？

父が文句を言うようにおかっぱの鍾乳石を指差す。

オープンするときに、お客さんの邪魔にならないように、通路に沿って切ったんだと思う……

そんな！

父が愕然《がくぜん》とする。

一センチ育つのに百年もかかるのに⁉

ここの鍾乳石は、三年で一ミリ伸びるって言われてるの……

ということは、一センチ伸びるのに三十年。ちょっとありがたみが減ってくる。

でも、あくまで地元民の感覚だけど、実はもっと早いんじゃないかって……だって、ほら。

晴子さんが指を差したのは、真横にぶった切られた鍾乳石の断面だ。切られたのはオープンした頃のはずで、オープンしてやっと二十年経つか経たないかなのに、断面にこごった水滴状の鍾乳石は、既に一センチ以上あるように思われる。

ほら、沖縄は珊瑚礁《さんごしょう》の島で、石灰質が多いから。

ありがたみ、更に減。

でも、戦争のこととか、自然破壊のこととか、真面目に考えてくれてありがとうね。

晴子さんが一生懸命お礼を言ってくれたので、父の面目は何とか保たれた。

「全国でもまれに見るホスピタリティ型鍾乳洞だよな」

「きっと『お客さんが頭ぶつけたらいけないから切っとくさぁー』って切ったんだと思うのよ」

それもまた、沖縄らしいことである。この大らかさがこの鍾乳洞の一番の見所かもしれない。

鍾乳洞を出ると、雨がぱらついていた。

「あら、いよいよ相合い傘ね」

はしゃぐおかあさんに「はいはい」と生返事をしながら傘を開く。

施設の中には、琉球王国時代の城下町が移築して保存されており、赤瓦が特徴的な平屋がいくつか並んでいる。家はそれぞれ店や体験教室に使われたり、休憩スペースとして開放されていたりする。

昔、紅型を体験したのもこの中の一軒だった。

ふと、猫がいるなと屋根を見上げると、瓦と同じ赤土で焼かれたシーサーだった。

「おかあさん、沖縄に猫が多い理由ってさ」

思いついたことが口から勝手にこぼれていた。

「シーサーのせいじゃないかな」

「え？」

「いや、今、シーサーが猫に見えて。シーサーって、町中にもけっこうあちこちあるだろ？　割りとスリムで猫っぽい形のやつも多いんだよな」

一対で置かれていることも多いから、狛犬《こまいぬ》っぽいイメージがあるが、狛犬と違ってシーサーは単体でもあちこちに飾られている。

屋根に一匹ちょこんと据えられているその様子は、いかにも気ままな猫が高みから見下ろしているようだ。犬は、絶対に屋根には登れない。

「まあ、語源は獅子だから、ネコ科といえばネコ科よね」

「ネコ科の神様を祀る土地だから、沖縄は猫が大きな顔をしてるんじゃない？」

沖縄の猫は町じゅうに何気なくいて、どいつもこいつも態度がでかい。路地に何匹か集まっていると、こちらがごめんなさいと迂回《うかい》しないといけないような感じだ。

決して安易に触らせてはくれないが、かといって人間に怯えた様子も見せない。

斎場御嶽で父が迫った猫のように。

「沖縄の人って、遺伝子レベルで猫を邪険にしないクセがついてるような気がするよ。だから、猫も暮らしやすいんじゃないかな」

「そっかぁ、なるほどね」

おかあさんは納得した様子で頷いた。

「あー、残念！」

「何が？」

「ガイドをしてて、沖縄って猫が多いんですねって言われることがよくあったのよ。どうしてですかって。シーサーの影響かもしれませんって言ってあげたらよかった」

「また訊いてくる人がいたら教えてあげなよ」

「そうね」

お土産を冷やかしながら歩いていると、少し雨が強まってきた。

「もっと寄らないと濡れるよ」

「じゃあ腕でも組んじゃおうかな」

「どうぞ」

今回は親孝行の旅だと決めているので、ぼくの側に躊躇《ちゅうちょ》はない。

腕を差し出すと、おかあさんのほうがえへへと照れくさそうに腕を組んだ。

「昼はどうする？」

園内にも食べられるところはいくつかある。

「お昼はね、おかあさん行きたいお店があって」

昨日も似たような台詞を聞いたな。

「ちょうどお昼くらいの時間に着くと思うから」

そぼ降る雨の中を、おかあさんの水色の軽は再び走り出した。

＊

母の日に描いた絵が返されたのは、一学期の終業式の日だった。

「サカモっちゃん、何でそんな荷物少ないいんだよ」

「金ちゃんこそ、何でそんな多いんだよ」

金ちゃんはランドセルをぱんぱんに膨らませて、横のフックにはこれまたぱんぱんに膨らんだ給食袋を引っかけ、両手に体操着袋と絵の具箱を提げ、頭には何故か帽子を二つ被っている。

「帽子が二つっていうのが意味分かんない」

「なくなるんさぁ、帽子は。別のを被ってきたら出てくるんだ」

分かれ道でぼくは手を振ったが、金ちゃんは手も挙げられない状態だ。

「じゃあ、荷物置いたら来いよ。お昼、スパゲッティだって」

「おう、すぐ行くわ」

金ちゃんはふうふう言いながら帰っていった。

その日は晴子さんが休みの日で、昼ごはんを作ってくれることになっていた。最初はそうめんチャンプルーでも、と言っていたが、土日のお昼はそうめんチャンプルーしか出てきたことがないという金ちゃんから「そうめんチャンプルー以外なら何でもいい」とリクエストが入ったのだ。

「じゃあ、あれがいいんじゃないか。島らっきょうのスパゲッティ」

メニューに悩んでいた晴子さんに、アドバイスしたのは父だった。

島らっきょうとベーコンを炒めたおかずはもう晴子さん定番になっていて、それをスパゲッティにしたものも父とぼくの好物になっていた。

「うん、それがいいよ！　おいしいもん、あれ」

「そう？」

晴子さんもまんざらではなさそうで、金ちゃんにご馳走するお昼は島らっきょうのスパゲッティに決まった。

家に帰ると玄関先には飴色のシーサーが二匹。小太りのと、見る者の精神を不安定にしそうなのと。夏休みを前にして、体験教室で作った手びねりのシーサーが届いたのだ。

父のシーサーはディテールを凝ったのが災いして、丁寧な梱包にも拘わらず、角が一本折れていた。

がっかりしてしまった父に、「大丈夫よ、きれいにポッキリ折れてるからくっつけたら分からないわ」と晴子さんが慰めて、瞬間接着剤で角をくっつけていた。

「ただいま」

台所では、お手本のように上手なシーサーがレンジの上から出迎える。晴子さんは料理中だ。

「おかえり」

「もう作ってるの？」

「汁物もつけようかと思って、先に作ってたの」

「なに？」

「卵とコーンのスープ」

「やった」

卵とクリームコーンを合わせた中華味のスープは、ぼくも父も大好物だった。

「金ちゃん、荷物置いたらすぐ来るって」

ぼくは晴子さんに言い置いて一階の奥の自分の部屋に向かった。台所に立っている晴子さんが急に入ってくる心配はないが、念のためにドアをきちんと閉める。

ランドセルに、リコーダーを入れるようにして持って帰ってきたのは、返された母の日の絵だ。晴子さんに見つからないように隠しておかないといけない。

机の抽斗にしまおうかと思ったが、ぼくの抽斗はどこもぱんぱんで、丸めた画用紙をむりやり入れると折れ目が入ってしまいそうだった。

下手くそでもお母さんの絵を折ってしまうのは忍びない。隠し場所は後で探すことにして、ぼくは丸めた画用紙を元のようにランドセルの隙間に立てた。もし晴子さんが掃除で部屋に入っても、ランドセルからわざわざ引っ張り出したりしないだろう。

ピンポーン、と玄関のチャイムが鳴りながらドアが開いた。

「こんちゃー」

しょっちゅう遊びに来ているので、金ちゃんはすっかり勝手知っている。

「上がりまーす」

「いらっしゃい」

台所にいた晴子さんが出迎えた。

「リョウちゃん、お部屋にいるわよ。ごはん出来たら呼ぶから」

「ほーい」

金ちゃんは「ジャンプある？」とぼくの部屋に入ってきた。金ちゃんはマガジン派で、毎週交換して読んでいた。その日も手土産はマガジンだ。

「ほい、交換」

ぼくたちはジャンプとマガジンを交換し、さっそく熟読モードに。ぼくはベッドにあぐらで、金ちゃんは床に寝っ転がって。

「ごはんよー」

晴子さんの呼ぶ声に顔を上げると、

「何してんだよ！」

ぼくはあわてて金ちゃんが頭を乗っけていた枕を引っこ抜いた。金ちゃんはぼくのランドセルを枕にしていたのだ。

「いや、ちょうどいいとこにあったから」

「絵が折れちゃうだろ！」

ぼくの剣幕に、金ちゃんは少しむっとしたらしい。

「そんなの、入れっぱなしにしとくなよ」

言いつつ金ちゃんは、ざっとランドセルからぼくの絵を引き抜いた。

「何だ、母の日の絵じゃねえか。こんなもんさっさと出せ、さっさと」

そして止める間もあらばこそ、「おばちゃーん」と絵を持っていってしまった。

「ちょ、待っ……！」

ベッドに座っていたぼくは出遅れた。ベッドから降りるワンアクションが命取り。追いついたときには、金ちゃんはもう居間で晴子さんに絵を渡してしまっていた。

「これさぁ、サカモっちゃんが描いた絵。おばちゃん来てなかったけど、母親参観で飾ってたやつ」

「えっ？」

晴子さんの声が華やいだ。

駄目だ。——もう取り返せる流れじゃない。

「見ていい？」

晴子さんは一応ぼくにそう尋ねてくれたが、このキラキラした期待にあふれた顔に、どうして駄目だなんて言える？

「う、ん……」

歯切れ悪く頷くと、晴子さんは丸めた絵を広げた。——大丈夫。

ぼくは絵が下手だから、大丈夫。

分かるわけがない。

これが晴子さんを描いた絵じゃないなんて、分かるわけがない。

「わあー……」

晴子さんは感無量といった感じで絵に見入った。

「どしたん、おばちゃん。下手すぎてびっくりした？」

うっせえよ、元凶！　ぼくは目を怒らせて金ちゃんを睨んだ。

「どうせ、下手くそなのが恥ずかしくておばちゃんに出せなかったんだろ。こういうのはな、学校から帰ってきた勢いでパッと出すんだ、パッと。通信簿も一緒だ、パッと投げてダッシュで逃げるんだ」

金ちゃんは、むしろいいことしてやったと言わんばかりのドヤ顔だ。むかつくが、ここは乗っていくしかない。

「うん、まあ、その……小さい頃から絵ぇ下手なんだよね、だから……」

「そんなことないよ、下手でも嬉しいよ」

言ってしまってから晴子さんは「あっ」と慌てて口を押さえた。

「ううん、ごめん、上手！」

金ちゃんがゲラゲラ爆笑した。その無遠慮な笑い声に、むしろ救われる。

「でも、立体のほうが才能あるよね、シーサーもとっても上手だったし！　平面だとちょっと感覚がずれちゃうのかな？　でも味があるよ！」

晴子さんはフォローすればするほど裏目で、金ちゃんはますます笑った。

「ひー、駄目だ、腹いてえ。おばちゃん、サイコー」

「金ちゃん、ほんとにシーサーは上手なのよ！」

晴子さんは表にシーサーを取りに行かんばかりだ。

「片っぽすごいキモかったけど」

「キモくないほう！」

あーあ、父のシーサーがキモいと全力で認めてしまった。仕方ないけど。これは、ぼくの胸にしまっておいてあげよう。

「いいから早くごはん食べなさい！　冷めちゃうから！」

晴子さんは最終、怒って押し流した。

ぼくたちがお昼ごはんを食べていると、晴子さんは画鋲《がびょう》を出してきて、絵を居間の空いている壁に当てた。

「それ、貼るの⁉」

「いけない？」

「やめとけ、おばちゃん。下手な絵で飯がまずくなるぞ」

金ちゃん、ナイス。こればかりはナイス。

「そうだよ、まずくなるよ」

「そんなことないわよ、せっかく一生懸命描いてくれたんだから」

違うんだ、ごめん、ほんとはそれ晴子さんを描いたんじゃないんだ。――このとき言うべきだったのか。でも、そんなこと言えるわけがない。

「おお、これめっちゃ旨いな！」

金ちゃんは島らっきょうのスパゲッティを勢いよくすすり込んだ。

「おばちゃん、これうちの母ちゃんにも作れる？」

「簡単よ、ベーコンと炒めて塩こしょうするだけ。塩漬けだったら塩もいらないわ」

「じゃあ俺、家で作ってもらお。さらば、そうめんチャンプルーの日々」

晴子さんは、画用紙に画鋲の穴が開くことを気にしながら、四隅のキワキワに画鋲を打った。

金ちゃんは、旨い旨いとスパゲッティとスープをたいらげた。きっとおいしいはずなのに、ぼくは味が全然分からなかった。


その日の晩ごはんはカレーだった。

父はちょうど晴子さんがお鍋の火を落としたタイミングで帰ってきた。

「お！　今日はカレーかぁ」

鼻をくんくんさせながら機嫌良く居間に入ってきた父は、瞬時に顔を強ばらせた。

正に豹変《ひょうへん》。——ぼくの絵を見て。

「リョウッ！」

久しぶりに聞いた、本気の怒声だった。

ぼくはすでに予測して、自分の席に神妙に正座していたが、それでもびくっと肩が縮んだ。

「どうしたの、カツさん！」

晴子さんが驚いて台所から飛んでくる。

父はきっと、晴子さんに見せまいとしたのだろう。——貼ってあるのだから、もう見ているにも拘わらず。

そんなことにまで頭が回らず、とっさに晴子さんを傷つけまいとしたのだ。

「やめてカツさん！」

晴子さんが父に飛びついた。

父は、壁に貼られたぼくの絵を、力任せに引っぺがした。――母を描いた、ぼくの絵を。そして、

「カツさん！」

引っぺがした勢いのまま、ビリビリに破いた。

父は、母親参観の日に、絵を晴子さんに見せるなと言った。

だから、ぼくが悪い。――でも、
晴子さんを傷つけないために、お母さんの絵を破っちゃうんだなぁ、と思って、涙がぽろぽろこぼれた。

ピシャンとほっぺたを叩く音がした。

晴子さんだった。――晴子さんが、父を叩いたのだ。

「どうして、こんなことするのっ！」

晴子さんの声は涙でぐしゃぐしゃに潰《つぶ》れていて、瞳からは、ぼくよりたくさんの涙がぼろぼろこぼれていた。

引っぱたかれた父は、どうにも合点がいかないような顔をしていた。まるで理不尽に怒られた子供のような、――理不尽に怒られて傷ついた子供のような。

俺は晴子さんのために怒ったのに、どうして晴子さんが俺を叩くんだ？

怒っているのに、泣き出しそうな、その顔！

やめてよ――やめてくれよ、分かったよぼくが悪かったよ全部全部何もかもぼくが悪かったよ。

「せっかくリョウちゃんが母の日に描いてくれたのに！」

「ごめんなさい！」

ぼくはやみくもに大声を出して、空気をぶった切った。

これ以上、ぼくのせいで傷が広がるのはまっぴらだ。

父と晴子さんが傷つけ合うのが、母の絵のせいになるのはまっぴらだ。

「晴子さんじゃないんだ！」

えっ、と晴子さんが目をしばたたいた。まるで猫だましを食ったみたいに。

その隙にたたみかける。

「ぼく、お母さんを描いたんだ。だから、母親参観のとき、晴子さんには見せるなってお父さんに言われてたんだ。隠しとこうと思ったんだけど金ちゃんが渡しちゃって、晴子さんじゃないって言えなくて……」

猫だましを食った瞳に、戸惑いの色が差して、失望と悲しみに塗り変わった。

そうだったの、と晴子さんはぽつりと呟き、それから、無限のような沈黙の時間が流れた。

やがて晴子さんが、さっき引っぱたいた父の頬に手を当てた。なでると押すの中間くらいの力加減で。

「……でも、駄目でしょう？　リョウちゃんのお母さんの絵を破ったりしたら」

父は、無言で唇を尖らせた。

「リョウちゃんも金ちゃんも悪くないのよ。勘違いしちゃったわたしと、絵を破ったカツさんは、いけないわ」

父の尖った唇が物言いたげに歪んだ。

そして、

「……外で食ってくる」

父はそれだけ言って、居間から出ていった。玄関のドアは、静かに開いて、静かに閉まった。

また、沈黙の時間が流れた。今度は、さっきの半分くらい。

晴子さんが、「さあ！」と明るい声を出した。その声を出せるまで、何かを凌《しの》いでいたのだと分かった。

「お母さんの絵を直そうか」

「え？」

「裏から貼り合わせて、アイロンをかけたら、だいぶきれいになるよ」

ぼくたちは、座卓の上に絵の破片を並べて、根気強くジグソーパズルをした。手で引き裂かれて途切れた線と面を突き合わせ、表から軽くテープで仮止めして、慎重に引っくり返して、テープでしっかり貼り合わせる。引っくり返すときに微妙にずれて、やり直すことも何度もあった。

「すごいねぇ」

晴子さんがそう呟いた。

「何が？」

「カツさんは、お母さんの絵だって分かったんだね」

ぼくは何と答えたらいいのか分からなくて、黙っていた。

「親子だねぇ」

それは事実なので、ぼくはうんと頷いた。

「おばさん、全然分からなかった。ごめんね」

「仕方ないよ。ぼくは絵が下手だから」

「うん。そんなに上手いほうじゃないね」

晴子さんは取《と》り繕《つくろ》うのはやめたらしい。そのほうがぼくも気が楽だ。

「でも、味があるよ。カツさんのシーサーみたい」

「それ、まったく誉めてないよね」

「リョウちゃん、それはカツさんにひどいよ。あれはあれで、味があるの。おばさんは見慣れてきた」

「見慣れたって時点でアウトだよ」

それに、ぼくの絵はいくら何でもそこまではひどくない。

絵は、夜中までかかってジグソーを終えた。

晴子さんが裏から当て布をして、アイロンをかけてくれた。つぎはぎは分かるけど、遠目にはかなり母の顔が蘇った。

「ありがとう。ぼくの部屋に置いとく」

「そうだね」

壁には貼らずに、机の抽斗を整頓して、しまっておくことにした。

夜中に目が覚めたのは、台所でごそごそする気配があったからだ。

起き出すと、父が冷凍庫を開けていた。

「……おう」

父が挨拶ともつかない挨拶を呟く。ぼくもうんと答えた。

「ごはん、炊飯器に残ってない？」

「いや」

父は冷凍庫を後ろ手に閉めた。お腹が空いてカレーの残りを食べたくなったのかと思ったが、別に冷凍ごはんを探していたわけではないらしい。

「外で食ってきた」

「なに食べたの」

「カレー。帰ってきたとき、カレーのお腹になっちゃってたからな」

でも損した、と父は苦笑いした。

「晴子さんのカレーのほうが旨い」

「残ってるから、明日食べなよ」

「おう」

父は頷いて、それから少し気まずそうに目を泳がせた。

「……どうした？」

「どうしたって、何が？」

「何がって、お前……あれだ、絵だ」

一応、気にしていたらしい。

「晴子さんと一緒に直した」

「そうか。そうだな」

父は納得したように頷いた。

「晴子さんは、そうするよな」

そして、父は台所から出てきて、ぼくの頭をぐしゃっとなでた。

「貼るなら、自分の部屋にしとけ」

「机にしまっとく」

「そうか」

父はうんうん頷きながら、二階の寝室へと階段を上っていった。

階段の足音が消えるのを待って、冷凍庫を開けてみた。

中にはカップのブルーシールアイスが三つ入っていた。バニラ&クッキーと、ココナッツと、サトウキビ。

バニラ&クッキーはぼくが好きな定番、ココナッツは晴子さん。父はいつもは紅イモなのだが、その日はちょっと気分を変えてみたらしい。

*

ふと気がつくと、車は北谷町《ちゃたんちょう》に入っていた。

見覚えのある順に細道を抜け、行く先の見当が大体ついた。

「はい、到着」

おかあさんが車を停めたのは、アメリカンアンティーク風の店構えのハンバーガーショップだ。

父とも何度か来たことがある。とにかくボリューミーなことで有名で、おかあさんが注文したのは案の定、メニューの中でも最大のベーコンチーズデラックスバーガーだった。しかも、オニオンフライの山盛りセット。

「お父さんがいつも食べてたから」

「……いつも最後は苦しみながら食べてたのも覚えてるよね？」

「だからよ」

以下略。やはり、父の学習能力の欠如という結論にはならないらしい。

大きな皿で運ばれてきたベーコンチーズデラックスバーガーは、バンズの中の具がうずたかく積み重なって、バーガーの体《てい》を失いかけていた。

おかあさんは食べる取っかかりさえどうしたらいいか分からず、おろおろしている。

「包み紙の上から潰して」

ぼくの指示に従っておかあさんはハンバーガーをぎゅうぎゅう押し潰し、ぺたんこにした。それでもおかあさんの手にはまだ余る。

アラフィフ女性にあるまじき大口を開けて一口囓《かじ》り、

「おいしい！」

そりゃあ、最初の一口は何でもおいしいに決まっている。

「オニオンフライも！」

スパイスの利いたオニオンフライは、この店の名物だ。

「ポテトももらっていい？」

ぼくの注文はベーコンチーズバーガーのポテトフライセットだ。ポテトは皮つきのまま割って豪快に揚げてある。やはりスパイスが利いている。

「ポテトもおいしいわねえ」

「付け合わせばっかりつまんでたら完食できないぞ」

「大丈夫よ、こんなにおいしいんだから」

おかあさんは最初は余裕綽《しゃく》々《しゃく》だったが、ハンバーガーを半分ほど囓った辺りで寡黙《かもく》になった。

当然至極。ぼくの頼んだレギュラーサイズのベーコンチーズバーガーでも、マクドナルドのビッグマックくらいある。

むしろ、デラックスバーガーをよく半分も食べたと驚くほどだ。

「いいよ、残せよ。俺、食うから」

見越して自分の注文を控えめにしてあるのは、昨日のステーキと同じだ。

「え、でも食べかけだし」

「他人ならともかく、親子じゃん。俺、まだ足りないし」

ぼくはおかあさんが遠慮がちに残したデラックスバーガーをたいらげて、オニオンフライも全部胃の腑に収めた。さすがにちょっとベルトの穴を一つ緩めたい気分だ。

「ごめんねぇ」

「後悔のない人生を生きたいんだろ。満足した？」

「おかげさまで！」

店を出て、また車に乗り込む。

「次はどこ行くの」

「せっかくだから、やちむんの里も覗こうか」

やちむんとは、沖縄の言葉で焼き物。やちむんの里は、陶器の工房が集まった陶芸の村だ。昔、琉球王朝の時代は那覇市内に窯元《かまもと》が集まっていたが、戦後はその辺りが住宅地となって薪《まき》を燃《も》すのが難しくなったので、たくさんの窯が読谷村《よみたんそん》に移転した。

「ケーキがおいしいカフェがあるのよ。器が全部やちむんなの」

「今はケーキの顔を見たくもないな。つか、よく食べる気になるよね」

「女性の別腹は実在することが科学的に証明されてるってテレビで観たわ。満腹してもおやつを見ると、胃の中身が動いて隙間を作るんですって」

「俺には別腹は存在しない！」

ので、せめて駐車場まで高速腿《もも》上《あ》げ走。おかあさんの一歩分を十歩走って、懸命にカロリー消費に努めていると、通りすがりの子供たちに「ばっかでー」と指を差して笑われた。

「うっせえ、指差すな！」

子供たちに目を剝いて、振り向くとおかあさんが一番笑っていたからひどい。


雨なのに車がよく流れて、やちむんの里へは二十分ほどで着いた。

さすがにまだおやつを食べる気分にはならなかったので、小雨の中を散策する。

小山を丸ごとひとつ集落にしたようなやちむんの里は、土と芝の道に赤瓦の平屋の工房が点在し、牧歌的な雰囲気も相まって、まるで琉球王朝の時代にタイムスリップしたような気分になる。

一応見ておかねばと登り窯を目指して歩いていると、粗く積んだ石垣の端にオジギソウの花が咲いていた。触れると閉じる葉っぱは雨に濡れてぺたんと閉じてしまっていたが、

「ギンネムに似てるね」

沖縄の雑木の代表は、白い毛糸のポンポン玉のような花をつけるが、オジギソウはピンクの刺繍《ししゅう》糸のポンポン玉。葉っぱの形もよく似ている。

「そうね、どっちもマメの仲間だから」

「親父が好きだったよな、触って葉っぱ閉じるの」

太陽の光を燦々《さんさん》と浴びているオジギソウを見ると、必ず触って葉を閉じさせずにはいなかった。まるで、それが俺の仕事だと言わんばかりに。

「沖縄に来るまで、鉢植えでしか見たことがなかったんですって。南国原産で寒さに弱いから、沖縄以外で野生化するのは難しいみたいでね。初めてガイドをしたとき、たまたま見つけてすごく喜んでたわ」

何でかなぁ、鉢植えのオジギソウは反応が鈍いんですよね。

そう言いながら、父はそのとき見つけたオジギソウの葉を全部お辞儀させたらしい。

「確かに、内地ではあんまり生えてないなぁ。九州に出張に行ったときに、どこかの駐車場で見たことはあるけど」

「あらぁ。九州まで来たんだったら沖縄まで足を伸ばしてくれたらいいのに」

「無茶言うな」

たとえ九州最南端の鹿児島からだって、飛行機に乗るのは「足を伸ばす」の範疇《はんちゅう》を超えている。

「そのときはどんなお仕事だったの？」

訊かれた瞬間、頭に靄《もや》がかかった。鮮明に浮かんでいたはずの駐車場の光景まで霧の向こうのようにおぼろに——

「……忘れちゃったよ」

しつこく記憶を追えば思い出せそうな気がしたが、やめた。

きっとわざわざ思い出すほどのことでもない。

父とオジギソウの思い出を、おかあさんと話すほうがよっぽど大事だ。

「よその子、泣かせたことあるよな」

沖縄のオジギソウは触れるか触れないかの一瞬でサッと葉を畳む。あまりにも反応が鋭くて、心地好いくらいだ。そして、やちむんの里には、オジギソウがあちこちに生えている。

調子に乗った父が、通りすぎる端からオジギソウにお辞儀をさせていたとき、後ろから子供の泣く声が響いた。

ぜんぶしまってるー!

水玉のエプロンドレスを着た、小さい女の子だった。自分もオジギソウにお辞儀をさせたかったらしいが、父のオジギソウ遊びはどんな小さい葉っぱも逃さぬ絨毯《じゅうたん》爆撃だったのだ。

おろおろしている父を、晴子さんが諭した。

カツさん。オジギソウは、みんなのものよ。

それも、ちょっとずれている。多分、生えている家の人のものだと思うが、父は顔を赤くして縮こまってしまった。

かろうじてまだ触れていなかったオジギソウを女の子に指し示し、
どうぞ。

と、レディーファースト。

乳母車に妹か弟を乗せていた女の子の両親が、笑いながらごめんなさいねと謝ってくれて、父はますます小さくなった。

女の子は思う存分オジギソウにお辞儀をさせ、父に向かってバイバイと手を振った。

あとはあげるね。

半分ほど、残してあった。

「幼稚園くらいの女の子だったっけ」

「精神年齢、幼稚園児以下かー。息子として泣ける」

大人としてもう素通りするかと思っていたら、後ろを見て子供が来ないことを確認してから、残してもらったオジギソウを全部お辞儀させていた。

そんなにか。そんなにオジギソウが好きなのか。今生きていたら問い質《ただ》したい。

傾斜を利用した登り窯は、やっぱり屋根が赤瓦で葺《ふ》かれていて、風情がある立派なものだ。

工房を冷やかしながら歩いているうちに、何とか別腹がオープンした。おかあさんの寄りたがっていたカフェへ。

軒先に出してあった黒板の看板に、おすすめのメニューと一緒に「個展開催中」という表記があった。

中に入ると、写真の個展だった。店の片隅にブースを作って、パネルにした写真が飾ってある。

市場で店番をしている、しわくちゃのおばあちゃんの笑顔。

漁船をもやっている、たくましいおばちゃんの笑顔。

電照菊《でんしょうぎく》の畑で細かい作業をしている、野良着のおばちゃんの笑顔。

個展のテーマなのか、手書きの看板に『アンマー写真展』とあった。

「アンマー？」

「沖縄の言葉で、お母さんって意味よ」

「へえ」

髭《ひげ》のマスターが注文を取りに来た。

お冷やをもらいながら、「地元の写真家さんなんですか?」と尋ねてみる。すると、マスターは「いやいや」と手を振った。

「まだ写真学校の学生さぁ。親戚のせがれでね。たまに場所を貸してやってんです」

「でも、いい写真」

おかあさんが目を細めた。

確かに、働くお母さんたちは、みんなそれぞれに味がある笑顔だった。

「伝えときます、喜びますよ」

おかあさんは、紅イモシフォンケーキをコーヒーのセットで頼み、ぼくはぜんざいを頼んだ。沖縄のぜんざいは、甘く煮て冷やした金時豆《きんときまめ》や小豆《あずき》を敷いて、上にかき氷を盛っている。氷なら溶けるから少しは別腹に入り込みやすかろうという計算だ。

「そういえば、親父は個展はしなかったよな」

父と一緒に国際通りを歩いていたときだったと思う。貸しギャラリーで写真の個展をやっているのを見かけたことがある。

外からちらりと覗いた写真は、父と同じ自然風景だった。

お父さんも個展やらないの？

そう尋ねたのは、ぼくの目には父の写真のほうがずっといいように思えたからだ。それから、ここで父が個展をやったら友達に鼻が高いかなというのも少し。金ちゃんとも、しょっちゅう通る場所だった。

父は、むっとしたようにぼくを一瞥し、それからぷいっとまた前を向いた。

あんなもん、一生やるか。

結局、一生やらないままで終わった。

「……昔、一度だけやったことがあるんですって」

晴子さんの話は、初耳だった。

「俺、知らないけど」

「うん。リョウちゃんが生まれるずっと前。まだ東京にいた頃だって」

「何で、晴子さんが知ってるの」

そう訊いてしまったのは、――白状しよう。

おかあさんがぼくの知らない父の話を知っていたことが、少しショックだったからだ。夫婦だったんだから、ぼくの知らない話を聞いていても不思議はないのに。

「国際通りのギャラリー知ってる？」

父と通りかかったあのギャラリーだろう。

「あそこのオーナーさんとうちの社長が知り合いでね。予定してた展示会が一つ潰れちゃったから、誰か借りてくれないかって頼まれたことがあるの。それで、お父さんに個展でもどうかって……」

父はそこそこ名前の通った自然写真家だった。確かに、穴埋めとしては豪華だ。

「でも、お父さん、個展はもうやりたくないって」

初めての個展は、駆け出しの頃、師事していた写真家のスタジオで開いたらしい。父の師匠は気前がよく、スタジオを個展会場として、弟子たちに順番に貸してくれていたという。

駆け出しだから、それほどお客さんが入るわけではない。ほとんどが関係者や友人だ。それでも、やはり個展を開けるというのは嬉しくて、父も張り切って準備をしたらしい。

すると、初日に思いがけない客が来た。

父の母親だ。——つまり、ぼくの父方の祖母。ぼくは、顔も知らないけれど。

「その頃はすっかり音信不通だったんだけど、住所だけは知ってたから、一応招待状を出したんですって」

父はどんな顔をして出迎えたのだろう。男の人にぶら下がって生きて、新しい恋人ができるたびに父を親戚の家に捨てていた母親を。

その前に、――どんな思いで招待状を出したのか。どうせ来るわけないけど、親子だから一応？　招待状が余ったから？　でも、本当に来てほしくなかったら、招待状など出すわけがない。

どうせ来ないだろうけど、と、いじけたような投げやりな気持ちで招待状を出して、招待状を出したこと自体を頭の中から追い出して、でも片隅にはちょっぴり招待状が引っかかって。

やっぱり来なかったな、と肩をすくめる心の準備までしていたに違いない。

その母親が、初日に来た。

一体、どんな気持ちだったことだろう。

「お母さんは、お金を貸してほしいって言ったんですって」

展示を見もせず、真っ直ぐ父のところに来て「おめでとう」でもなく「久しぶり」でもなく、「ずいぶん羽振りが良さそうじゃないの」と。

ずっと音信不通だった言い訳と、自分の苦労話が続き、返せる当てはないけど金を貸せと。

「……貸したの？」

「会場に用意していたお金を全部渡したって」

物販で絵はがきやパネルを少し用意してあり、釣り銭が数万円分あったという。

父は、お金を入れていたケースごと無言で突き出した。

受け取った母親は、「これだけ？」と言ったそうだ。

「……お母さんは、知ってたのかな」

「知らなかったと思うよ」

おかあさんは推測の言い方をしたが、声の色は確信に近かった。

「きっとリョウちゃんのお母さんにはかっこつけたかったと思う。カツさんは奥さんのことが大好きだったから」

ああ——確かに、そうかも。

父は、母のことが大好きだった。べた惚れで、北海道に移住まで。

「おかあさんに話せたのは、時間が経ってたからよ。若い男の人が、好きな女の人に、みじめな思いをしたことなんて話せるわけがないわ」

そして、おかあさんは笑った。

「おかあさんが会ったのは、おじさんとおばさんになってからだからね」

「でも、おかあさんとも大恋愛だったよ」

目をぱちくりさせたおかあさんに、ぼくは言った。

「若い男は好きな人にかっこつけるけど、中年男はほんとに好きな人にしか、自分のみじめな思い出なんて晒《さら》せないんだ」

おかあさんが、何気なく横を向いた。目頭から雫《しずく》がこぼれていた。

「じゃあ、お父さんは人生で二回も大恋愛したのね」

「贅沢《ぜいたく》なことだよ。贅沢すぎて、世界中の男から足蹴《あしげ》にされても文句は言えない」

しかも、とぼくは付け加えた。

「両方、めちゃくちゃいい女だ」

「あら、ありがと」

こちらに向き直ったおかあさんは、もう上手に目頭の雫を拭っていた。

「個展やればよかったのにな。おかあさんに手伝ってもらって、いい思い出に上書きしてから逝けばよかったんだ」

「写真集はいつか出したいって言ってたけどね。前書きまで決めてあるって言ってたわ」

「そっちも叶わずじまいかぁ」

腕はよかったのに、なかなか不遇だ。まあ、恋愛で恵まれすぎたので、神様が帳尻を合わせたのかもしれない。

シフォンケーキとぜんざいが来た。ケーキ皿とコーヒーカップは、ぽってりと厚い素朴な生地に大らかな藍《あい》の絵付けをしたやちむんで、ぜんざいは琉球ガラスだ。白い地に散ったカラフルな点々模様は、廃ガラスの欠片をくっつけて焼かれている。

食べている間は雨足が強まったが、店を出る頃小やみになった。降ったりやんだり、今日は一日中こんな感じらしい。

駐車場に向かっていると、オジギソウの前で立ち止まっている家族連れがいた。三人家族で、子供は小学校高学年男子の組み合わせ。

「何だ、全部閉じてるじゃないか」

父親が文句を言っている。

「雨なんだから当たり前じゃないか」

諭すのは子供。

「でも、雨上がったしさ」

父親は未練がましい。

だから、何でそこまでオジギソウが好きだよ。

三人を追い越しながら、心の中で突っ込んだ。

「そんなすぐ開くわけないだろ。行こうよ」

無駄無駄。そのおっさんは、あと五分粘るぞ。——ということをぼくは知っていたが、敢えて声はかけなかった。

＊

夏休みに、母の三回忌《さんかいき》があった。

亡くなったのは秋だが、ぼくが帰省しやすいように祖母や親類が配慮してくれた。

「何で、一周忌の次が三回忌なの」

ぼくは父にそうごねた。母が亡くなってまだ二年しか経っていないのに、もう三年も経ったかのように処理されてしまうことが気に食わなかった。

暗室に改造した部屋でカメラの手入れをしていた父は、あからさまにうるさそうな顔をした。

「知らん」

それだけ言い捨てて、またカメラをいじりはじめる。

父は、ぼくが物心ついた頃には両親の供養《くよう》を永代《えいたい》供養にしていて、法事自体が存在しないことにしていた。ぼくが経験したことのある法事やお墓参りは、母方の実家のものだけだ。

だから父が法事に疎かったのは嘘ではないのだろう。だが、そのときの父の言い方は、仮に知っていたとしても教えないような頑なさがあった。

その頑なさに、ぼくの子供の部分が反応した。

「まだ二年じゃないか。どうして三回目になっちゃうんだよ」

そう食い下がると、父は頑なな顔のままカメラのレンズを外し、もうぼくのほうを向かなかった。

「二年でも三年でも一緒だろ」

「全然違うよ！」

母と過ごしたあの日々が、二年前になるのと三年前になるのでは、今と思い出の間に横たわる時間が一年間も違う。

「もういないんだから一緒だ」

ぼくの心を決定的にこじらせる一言が出た。

「じゃあ、いいよ！　晴子さんにきくから！」

ぼくは言い捨てて部屋を出た。暗室は父と晴子さんの寝室の隣で二階、晴子さんは一階にいた。わざと父に聞かせるように足音を踏み鳴らして階段を下りる。

すると、一拍置いて――

ドドドッとぼくの足音をかき消す勢いで、荒い足音が追ってきた。

後ろから襟首を摑まれる。足を踏み外しそうになったが、それをむりやり立て直すほどの力で、今度は胸倉を摑まれて振り向かされた。

父は、すごい形相《ぎょうそう》でぼくを睨みつけた。

その形相とは裏腹な、低く押し殺した声で――

「晴子さんには、絶対訊くな」

ねじ込むように、そう言った。

「どうしたの？　夜なのにご近所に迷惑よ」

バタバタとうるさい足音を聞き咎《とが》めたのか、晴子さんが階段下から顔を出した。

「何でもないんだ」

父は晴子さんには満面の笑み。そして、目線をぼくの顔に隠すようにしてまた睨む。

「いいな」

飲まれたぼくが頷くと、父はぼくの胸倉を離して「何でもないよ」とまた晴子さんに笑った。そして階段を上っていく。

不穏な気配にこっちに来かけていた晴子さんは、怪訝《けげん》そうに父の背中を見送った。

ぼくが階段を下りると、「ほんとに何でもなかったの？」と小声で尋ねた。

「うん。ちょっと喧嘩」

それはよくあることだったので、晴子さんは「ならいいけど」とようやく納得した。

台風の当たり年だった。大きいのから小さいのまで、よく沖縄をかすめた。

せっかくの夏休みなのに、雨に降り込められる日も多かった。

そんなどしゃ降りのある日、金ちゃんがジャンプ読みたさにわざわざ訪ねてきた。手土産のマガジンはしっかりビニールにくるんで来たけど、自分は傘を担ぎ差しでびしょ濡れだ。大雨でガイドがキャンセルになった晴子さんが、昼間なのにお風呂を立ててくれて、ぼくの服とパンツを着替えに出した。

自分の服を着ている友達というのは、何だか変な感じだった。見慣れた服なのに、何だか急に他人行儀になったようだ。

金ちゃんは、パンツにそれを感じたらしい。「なンかこう、しっくりこねぇな」とポジションを何度も直していた。

「そういえばよぉ」

金ちゃんがそう口を開いたのは、お互い漫画を読み終え、居間のテレビでゲームをやっているときだった。金ちゃんが好きなプロ野球のゲームだ。金ちゃんは一番沖縄に近いからという理由で、赤ヘルの球団が好きだった。その頃はまだ、福岡を本拠地にする球団は存在していなかったと思う。

「北海道、いつ帰るんだ？」

「八月の最後の日曜」

夏休みの残りもあと数日、という頃だ。

「何か、せっかく帰るのにもったいねえな。もっと早く帰って、たっぷり遊べばいいのに」

「遊びに帰るわけじゃないからさ」

できるだけ母の命日に近くて、ぼくが夏休みで、親戚が全員参加しやすい日を探すと、自動的にそうなったのだ。

金ちゃんも「あー、そっか」と頷く。

「でもまあ、千歳《ちとせ》空港に土産屋いっぱいあるもんな」

「自分のお土産の心配かよ」

「俺だって買ってきたろ」

「じゃあ、ジンギスカンキャラメル買ってきてやるよ」

「そんなまずいもんくれるな」

まずいって分かってて買ってきたのかよ、と突っ込みたくなる。

「まあ、北海道の実力を見せてやるよ」

おいしいお土産なら、お菓子から珍味、生鮮品から主食まで何でもある。

「ジンギスカンキャラメルもある意味すげえ実力だったけどな。どう食っても強力にまずい」

「高速で噛んだらちょっとはマシだよ」

父に教わった裏技を教えると、金ちゃんは「おお。でもちょっとだな」と頷いた。

まさか自力で裏技にたどり着いていたとは。

「母ちゃんが、買った以上は食い物粗末にするのは許さねえって」

金ちゃんのお母さんはド迫力肝っ玉母さんで、逆らうなんてあり得ない。

「飛行機、もう取ってあんのか？　夏休み、混むだろ」

「うん……」

ちょうど晴子さんが通りかかったので、訊いてみた。

「晴子さん。お父さん、もう飛行機取ってあるよね？」

「さすがにもう取ってると思うんだけど……」

晴子さんも心配そうだ。もうお盆を過ぎたというのに、父は飛行機のことを尋ねると生返事をするばかりだったのだ。

「帰ってきたら訊いてごらん」

どしゃ降りだったが、父は打ち合わせで出かけていた。

三時ごろ、雨が小やみになった。時折強まり、時折弱まり、まだらのような降りになる。

金ちゃんは、晴子さんが作ってくれたチンビンをおやつに食べて、降りの弱まった隙間を衝《つ》いて帰っていった。

しばらくして、それと入れ違いのように父が帰ってきた。

晩ごはんにはまだだいぶ早い時間だったので、晴子さんがお茶を淹《い》れに立った。

「いやー、人が車を降りた瞬間にどしゃ降りだもんなぁ、まいったまいった」

ぼやきながら父がタオルで濡れた頭をぐしゃぐしゃ拭いた。車庫から玄関までの間にずぶ濡れになってしまったのだ。

父にシャワーを浴びせた雨は、皮肉のように今は上がっている。

「お父さん」

ぼくは父のそばに両膝を揃えた。

「北海道の飛行機、もう取った？」

「うーん、そうだなぁ」

また生返事。

「ねえったら」

父は無言で頭を拭く。

晴子さんがお茶を持ってきた。

父の好きな、おおらかな筆で藍の花が描かれたやちむんの湯呑みに、熱いさんぴん茶。そして、藍の中皿にはチンビン。皿の隅には、平たい小さな四角形を組み合わせた市松みたいな模様が、白抜きで焼き付けられている。

五つの市松と四つの市松を並べて、その心は「いつ（五）の世（四）も」——いつの世までもあなたを思っています、という恋の思いが籠められた願掛けの模様らしい。

普通なら王様の御世が続くことを願いそうだが、恋する気持ちを願うところが独特だ。三人でやちむんの里に行ったとき、お店の人の説明を聞いて父が気に入り、現品限りで二枚残っていたお皿を買った。後は、同じ柄のマグカップ。

何となく、お皿は父と晴子さんで、マグカップはぼくという内訳になっている。

父はチンビンを一口でもぐもぐ食べてしまい、さんぴん茶をすすった。

そして、

「晴子さん。今からリョウと残波岬《ざんぱみさき》に行ってくるよ」

「今から？」

晴子さんは怪訝そうな顔をした。

「まだ雨が降るかもしれないわよ」

「うん。だからさ。初めて晴子さんに案内してもらったときの残波がすごかったじゃないか。雨と風が強くて、波が高くてさ。今日もきっとすごい波だろうから、リョウに見せてやりたいんだ」

「じゃあ、わたしも一緒に……」

と、父は「いやいや」と晴子さんににっこり笑いかけた。

「今日は男同士の日なんだ」

「えー、わたしは仲間はずれなの？」

　晴子さんはちょっとむくれたけど、男同士の付き合いが大事ということは納得してくれたらしい。

「晩飯までに帰ってくるから」

言いつつ父は立ち上がった。ぼくに「ほら、行くぞ」と顎をしゃくる。

突然思いついた男同士の日とやらに、ぼくが引っ張り出されることについては了承を取ってもらえない。――というのは、いつものことなので今さらだ。父の思いつきを拒否する権利は、ぼくには大体与えられていない。

部屋から防水のパーカーを取ってきて羽織り、ぼくは父と車に乗り込んだ。いつもは助手席が晴子さんだが、二人なので今日はぼく。

その頃の車は、黒の４ＷＤだった。父は撮影で路面が悪い場所にも車を乗り入れることがあるので、頑丈で機動性の高いことがマイカーを選ぶ基準だった。

雨の影響か、那覇市内は渋滞していたが、高速に乗ると順調に流れ出した。那覇と万座毛の中間地点くらいにある残波岬までは、小一時間ほど。

「わざわざ雨の日にさぁ……」

ぼくは気乗りがしなかったが、父はおかまいなしだ。

「そう言うなって。こういう日の波はすごいぞ」

道中、やはり雨は降ったりやんだり。だが、残波岬の灯台に着くと、雨粒が大きくなっていた。

「車の中から見るっていうのは？」

「お前……」

父は嘆かわしいという顔をして、ぼくを見た。

「せっかくここまで来て、近くで見ないなんて、人生の損だぞ!?」

だから、ぼくの人生の損得は、ぼくに決めさせてほしい。

ぼくが傘を持って出ようとすると、父が「やめとけ」と止めた。

「風で壊れるだけだ」

「濡れちゃうよ」

「夕立じゃ、濡れて行こう」

父はそう嘯《うそぶ》いて、自分が先に車を降りた。渋々ぼくも。

閉めようとしたドアが、風に煽《あお》られてすごい勢いで閉まった。風が髪を激しく乱す。

確かに、傘など一瞬で壊れそうだ。

せめてパーカーのフードを被ったが、押さえていないとすぐ背中に吹き飛ばされてしまう。

父はそもそもフードを被ろうとせず、雨に打たれながら灯台のほうへ悠々と歩いていった。

ドオン、と腹に響くような波の音が、徐々に近づく。

沖縄特有のギザギザと鋭い岩場を、滑らないように海へと進む。沖縄の岩は、風化しても丸くならず、新たに新たに角張るのが特徴だ。転んだりしたら、大惨事。

岩場の端で、波は暴れていた。

ドオン、と響く音はますます近く。

そして、父が足を止めた。――そのときだった。

凄まじい質量を秘めた波音が、爆発した。

岩場に砕けた波が、白い鯨《くじら》のように空中にのたうつ。

ぼくの背より、全然高い。

圧倒的な水の質量、そしてパワー。正に波が宙に「残る」。残波。

引いて、次の波は子鯨。子鯨がいくつか続いて、また大鯨がドーン。

風に乗って、細かい潮の微粒子が顔にまで飛んで来る。塩辛さで、雨粒ではないと分かる。

まったく飽きなかった。

吹き飛ばされるフードを押さえることも忘れていた。

子鯨、子鯨、大鯨。子鯨、子鯨、子鯨、化けもの鯨。

砕ける波の形は、ひとつとして同じものはない。

化けもの鯨がまた来ないかと、子鯨を何匹も数えて待ってしまう。

圧倒的なパワーは、大自然の――というと陳腐だが、立派にひとつのショーだった。

「すごいだろ」

父がそう言ったのは、海風でいいかげん体が冷えてきた頃だった。

「……うん」

素直に認めざるを得ない。

「見に来てよかった」

「そうだろ」

父は嬉しそうだ。

「沖縄に初めて来た日、晴子さんが連れてきてくれたんだ」

その話は、もう晴子さんに聞いていたけど、ぼくは黙って聞いた。

「海を撮るつもりだったんだけど、大雨で。無理かと思ったら、晴子さんがさ……」

晴子さんが何と言ったかも、知っている。でも、黙って聞いた。

「雨の日は、よそ行きじゃない土地の顔が見られますよって」

父はその言葉を、とても愛《いと》おしそうに口にした。

その声の色だけで、どれほど感銘を受けたか分かる。

「どれくらい見てたの」

「カメラカバーをかけて、三時間は粘ったかな。車で待っててていいですよって言ったんだけど、晴子さんはずっと一緒にいてくれたんだ。少しでもカメラが濡れないように、横から傘を差してくれてさ。頼まなくても、俺じゃなくて、カメラに傘を差してくれた。画角《がかく》を邪魔しないように気を遣いながら、風で傘が壊れるまで差してくれたんだ」

きっと晴子さんならそうするだろう。――父が、自分が濡れることより、カメラが濡れることを気にすると、初めて会った日から分かっていたのだ。

「傘が壊れてからは、あちこち歩き回って撮影ポイントを探してきてくれた。こっちからの波もすごいですよって」

晴子さんは、ずぶ濡れになっても、いやな顔ひとつしなかったという。

「合羽《かっぱ》は着てたけど、靴下までびっちょりで。なのに、ずっとずっと、心底楽しそうにそばにいてくれたんだ」

「……だから好きになったの？」

「まさか」

父は笑った。

「いくら何でも、初めて会った日にそこまでのことは」

——ほっとした。

「もちろん、好感度はメーター振り切ってたけどな」

父は曇天を真っ直ぐ高く指差した。きっと、メーターのてっぺんは、空まで行くのだろう。

どうしても、訊かずにいられなかった。

「お母さんのときは、どうだったの」

父は、一瞬、水を差されたような顔をした。

そして、笑ってこう言った。

「お父さん、お母さんに初めて会ったときは、叱られてばっかりだったんだよ」

ぼくは、目をぱちくりさせた。初めて会ったとき——といえば、修学旅行のカメラマンとして同行したときのはずだ。

何故、カメラマンが先生に叱られるようなことがある？

「子供たちと仲良くなろうと思って、一緒にずーっとふざけててさ。特に男子と」

そりゃあ、きっと人気者になったことだろう。小学校高学年の男子は、本気で一緒にふざけてくれる大人が大好きだ。

「そしたら、お母さんが恐い顔ですっ飛んで来るんだよ。そんで、子供たちと一緒に叱られてさ」

　母が生徒を叱っているところは、何度か見かけたことがある。けっこう恐い。

「恐い人だなーって思ってさ。でも、叱られるのが、けっこうよかったんだよなぁ」

　父は話しながらにやついた。

「お父さん、マゾなの？」

　当時覚えたばかりの言葉を使ってみたら、父は「否定はできん」と真面目くさって頷いた。

「でも、きれいな女の人に叱られるのが好きって男は、けっこういるもんだぞ」

　それに、と父の笑顔が少し寂しそうになった。

「お父さんは、親に叱られたことがなかったからな」

　ふっと胸を衝かれた。

　父の両親の話は父から聞いたことがなかったが、母がぼくを叱ったように叱られたことがないというのは、きっととても寂しいことなのだろう。

「一度も？」

「怒られたことならある。でも、叱るってんじゃないんだ。殴られたり折檻《せっかん》されたり……癇癪をただ爆発させてるって感じだな。何が悪いのか、何で悪いのか、そういうことは全然言わずにな。だから、何度も同じことをして、何度も怒られる」

癇癪を爆発させていたのが、両親のどちらかは訊けなかった。もし、両方だったらと思うと、あまりに絶望的で。

「母親になぁ」

父はそこで言葉を切った。何気ない風を装うのに一瞬。

「お前なんか生まなきゃよかったって」

——気づいたのは、ずっとずっと後のことだ。父が自分の両親の話をしたのはそれが最初で最後だったが、祖母のことを「母親」と言った。ぼくに話をしているのに、「おばあちゃん」とは言わなかった。母方の祖母のことは「おばあちゃん」と言っていたのに。

もしかすると父は、情がなかった自分の母親を「おばあちゃん」という存在として、ぼくに繋げたくなかったのかもしれない。

お母さんの話だったな、と父は話を戻した。

「一回、男子とプロレスやって、怪我させちゃってさ」

ぶつけて痣《あざ》ができたとか、そんな程度のことだったらしいが、

「もーう、お母さんに、死ぬほど絞られてさ」

死ぬほど絞る母も学校で見たことがある。怪我をしたり、させたりするようなときに出る母だ。死ぬほど恐い。

「で、その日の夜に、お父さんの部屋にお母さんが恐ーい顔で来てさ。膝詰めで懇々《こんこん》と説教された」

いいですか？　あなたは子供たちの友達じゃないんです。子供たちの引率者の一人なんです。あなたは、大人なんですよ。自覚を持ってください。

「痺《しび》れた」

父はそう呟いた。

「一生、この人に、叱られてたいなぁって思ったんだ」

合点が行くことがあった。父は、母に叱られるような悪ふざけを、わざとすることがあった。

あなたはリョウくんの友達じゃないのよ、というお説教も何度か聞いたことがある。

あなたはリョウくんのお父さんなのよ、と。

きちんと叱られたことがない父にとって、真面目に死ぬほど絞られるのは、愛されている確認だったのかもしれない。

「お母さんの話は、もういいか？」

父に言われて、ぼくは頷いた。

「晴子さんに初めて会ったときはさぁ……」

父は波に目を戻した。――子鯨。

「すごい人だなぁって思ったんだよ」

感嘆。——正に、そんな声の色だった。

「知れば知るほど、すごいなぁって思った。自分のふるさとを愛してて、お父さんにいい景色を撮らせようと一生懸命になってくれて、写真のことなんか何も分からないのに、お父さんが何をしてほしいか、どうしたら喜ぶのか、一生懸命考えて、助けてくれて……あんな目に遭《あ》ってたのに、どうしてこんなに人のために一生懸命になれるんだろうって」

言い終えてから、父は口を滑らせた顔をした。そして、

「……晴子さんも、いろいろ辛いことがあった人なんだ」

ぼくは「そうなんだ」と形式上ではあるが、軽く驚いて見せた。

「晴子さんは、いい人だよね。それは分かるよ」

だから、父が晴子さんを好きになっても仕方がない。母が亡くなって寂しかったのなら余計に。それは、もう納得しているつもりだった。

雨が、どさっと降ってきた。

ぼくらは、どちらからともなく、波に背を向けて車のほうへ戻った。

岩場を抜けて、道路に戻った辺りでのことだった。

「リョウ」

父が不意にそう呼びかけた。

「なに？」

ぼくはまったくの無防備。

「三回忌に帰るの、やめないか」

は!?　――と、怪訝な声を出すことさえできなかった。

一体――一体一体一体、
この人は、
何を言い出したんだ？

「お墓参りに帰ってたら、お前、お母さんのこと忘れないじゃないか」

何で、母のことを忘れなければいけない？

意味が分からない。意味が分からない。意味が分からない。

「お前、いつまでも晴子さんのこと、お母さんって呼ばないじゃないか」

――そういうことか！

確かに、晴子さんのことを、お母さんとはまだ呼べない。

でも、大人になるまで、呼べないとは思わない。

今はまだ、無理なのだ。

それでも、晴子さんはいい人だし、ぼくは心を許しはじめているのに、

――どうしてこのクソ親父は、一々一々、台無しなことをするんだ！

「お母さんのことなんか、もう忘れろよ」

なんか。――父は、決して添えてはいけない言葉に、「なんか」と添えた。

「どうして、そんなこと言うんだよ！」

ぼくは、腹の底から怒鳴った。

声で人を殴れるものなら殴りたい、それくらいの声で、怒鳴った。

続けて腹の底から迫《せ》り上がってきたのは、絶対そんなことは言ってはいけないと、母にきつく戒められていた言葉だった。


死ねよ、このクソ親父！


ぼくの口からマグマのように声が飛び出す前に、横から突然、誰かがぼくらの間に飛び込んできた。

突然現れた誰かは、いきなり父をぶん殴った。

知らない男の人だった。

父は、突然ぶん殴られて、地面に転げた。

「なっ……」

あまりのことに、父は言葉もない。口をぱくぱくさせて、男の人を見上げる。父に少し似ていた。

「何すんだ、いきなりっ！」

父がようやく声を張り上げる。だが、倍ほども大きな声でかき消された。

「謝れ！」

何を？　誰に？

「こいつに謝れ！」

男の人が激しく指差したのは、ぼくだった。

何が何だか、分からない。

父も分からないようで、地べたに尻餅《しりもち》をついたまま、呆然《ぼうぜん》としている。

男の人は、父の前に両膝を突いて、父の胸倉を両手で摑んだ。

「忘れられるわけないだろう、母親のことを！　まだ、たった二年だぞ！」

ぼくらが母の三回忌の話をしているのを、通りすがりに聞いたのか。しかし、何故この人が、こんなにも突然怒るのか。

正義感が強いというより、親切というより、恐いと思った。

気違いかもしれないと思った。

ぼくはただただ竦《すく》んで、二人の大人を見守るしかない。

晴子さんがいてくれたら、と思った。

自分ではどうにもできない、めちゃくちゃなパニックが起こったとき、ぼくはもう晴子さんを頼りにするようになっていたのだと、そのとき初めて分かった。

男の人が、父にのしかかるようにして、怒鳴る。

「あんただって、忘れてないんだろ！」

父の顔が、大きく歪んだ。

「自分にだってできないことを、何で息子に押しつける！」

「――だって！」

父が、まるで癇癪を起こした子供のように、叫んだ。

「仕方ないじゃないか！」

仕方ないって、何が。

「お母さんは、俺を置いて、死んじゃったじゃないか！」

そして父は、うわーっと声を上げて、泣いた。

泣きじゃくった。

まるで火が点いたように、泣きじゃくった。

「リョウが覚えてたら、俺も思い出しちゃうじゃないか！」

――そういうことか。

さっきと同じ言葉を、違うテンションで思った。

「リョウが覚えてたら、お母さんが死んじゃったこと、俺も思い出しちゃうじゃないかっ！」

一生、叱られていたかった人が、あまりにも早く死んでしまった。

父は、ずっとパニック状態だったのだ。

母親に突然死なれた幼い子供のように。

父は、晴子さんとの幸せで、母が死んだ悲しみを上書きしようとしていたのだ。

ぼくが晴子さんをお母さんと呼ばない限り、新しい三人家族としての幸せな上書きができないのだ。

男の人は、泣きじゃくる父の胸倉を摑んだまま、呆然としていた。

父は泣き続ける――泣き続ける――泣き続ける。

男の人が、がくりと頭を垂れた。

そして、父の胸倉を、軽く揺する。

「……それでも、あんたは、こいつのお父さんなんだよ」

泣きじゃくっていた父が、驚いたように声を飲んだ。

――あなたは、リョウくんのお父さんなのよ。

まるで、母のようなことを、その人は言ったのだ。

「頼むよ。三回忌に連れて帰ってくれ」

父は涙を流しながら、どうしたらいいか分からないように、ぼくを見た。

ぼくは、母の臨終の言葉を思い出していた。

お父さんを許してあげてね。お父さんは、ただ、子供なだけなのよ。

母は、その遺言で、ぼくのことを言わなかった。

子供が二人いたら、きっと上の子に下の子のことを頼む。お兄ちゃん、弟を守ってあげてね、とか、そんなふうに。

母が亡くなる現実に耐えられず、見舞いにさえろくに来られなかった父に、ぼくのことなんか頼めるわけがない。

母は、心配な大きな子供を、ぼくに頼むしかなかったのだ。

「あのさ」

男の人が話しかけたのは、ぼくにだった。

「違うからな」

違うって、何が。

「お母さんは、親父のことを心配してたんじゃない」

正に今、そう思っていたところだったので、ぼくはびっくりした。

「親父を許せなかったら、お前が辛くなる。だからだ。お母さんは、最後までお前のことを心配してたんだ」

何で、そんなことが分かるんだろう。

この人は、一体何者なんだ。

「親父が子供で、子供で子供で子供で、お前のことを悪気なくたくさん傷つけるって、お母さんは分かってたんだ」

父は、いつのまにか泣きやんでいた。尻餅をついたまま、首を落として地面を見ている。

すると、男の人は、また父のほうを向いた。

「大丈夫だよ。あんたのことだって心配してたよ。自分がいなくなったら、この人はどうなっちゃうんだろうって、ずっとずっと心配してたよ。立ち直れないんじゃないか、立ち直れなくて息子を支えてやれないんじゃないかって思ったから、息子にお前が頑張れって遺言を遺したんだ。……だから、」

男の人は、俯《うつむ》いた父の顔を、両手で挟んで上げさせた。

まっすぐ、目を覗き込む。

「あんたが晴子さんと出会って、お母さんはきっと安心してる」

父の目から、涙が流れた。

今度は、泣き声の上がらない、静かな涙だった。

男の人が、立ち上がった。ぼくらに背を向けて、歩き出す。

ぼくは、父のそばに膝を突いた。

でも、泣いている父に、何と話しかけていいのか分からない。困って、無言で肩をさすった。

それから、はっと気づいて、男の人を振り返った。

「ありがとう！」

叫んだが、男の人の姿はもうどこにも見えなかった。

＊

おかあさんは、驚いたようにぼくを追いかけてきた。

「びっくりしたわ、急に走っていくから。どうしたの？」

「いやー、イリオモテヤマネコがいたような気がしてさ」

ぼくがそうごまかすと、おかあさんは「え⁉」と大声を上げた。

「おかあさんだって、見たことないのに！　西表島《いりおもてじま》でも、見られなかったのよ！」

信じてしまう辺り、おかあさんはかわいい人だ。

「でも、近づいたら、ただの猫だったみたい」

「そうよね、おかあさんだって見たことないもの」

おかあさんは、謎の対抗心を出してきた。

「やっぱり、波がすごいわねぇ。お父さんと初めて来たときみたい」

「俺が初めて来たときも、こんなだったよ」

「お父さんが、急に連れてったのよねえ。男同士の日だって」

おかあさんが、歩きながら笑う。傘は、どうせ壊れるから差さない。

「何か、仲間はずれにされたみたいで、寂しかったわ」

「おかあさんと初めて見たときみたいな波を、男同士で見せたかったらしいよ」

「おかあさんも一緒でいいじゃないの」

まだ拗《す》ねている。

「おかあさんとの馴れ初めを話したかったみたい。だからおかあさんに聞かれるのは恥ずかしかったんだよ」

「そうなの？」

おかあさんは、またびっくり顔。

「お父さん、何て言ってた？」

まるで、少女のような顔で訊いてくる。

親父、ほんとにあんたはいい後添《のちぞ》いをもらったね。

「出会ったその日に、好感度ＭＡＸだったってさ」

「ほんと？　ほんとにそんなこと言った？」

おかあさんは、激しく照れた。

「言った言った。車の中で待っててていいって言ったのにずっとそばにいて世話焼いてくれたって。傘差してくれたり、波がよく見えるポイントを探してくれたり……」

「それは、ガイドだから……一人で車の中で休んでるわけにはいかないわ」

「でも、ずっと楽しそうだったんだろ。それでズキュン！　だったみたいよ」

ぼくは両手でハートマークを作って、心臓の上から飛び出させた。

「初めて会った日に恋に落ちたってさ」

「もう〜。そんなこと言ってくれないんだもの」

いつからわたしのこと好きだった？　——無邪気な恋人同士の質問は、おかあさんの立場では口に出せない。

父にも、母にも気兼ねして。

岩場は、雨に濡れていた。

「ほい」

ぼくは、おかあさんに手を差し出した。おかあさんは「え？」と戸惑っている。

「滑るから」

ギザギザしているのに、無造作に歩くと滑りやすいのが沖縄の濡れた磯だ。

「何だか、お年寄り扱いねえ」

おかあさんは、照れ隠しにそんなことを言いながら手を繋いだ。

「いえいえ、レディー扱いですよ」

「かたじけない」

「……それはレディーの言葉遣いじゃない」

「あら？」

「サムライか」

歩きながら、おかあさんが「大きくなったのねえ」と呟いた。

「まるで、お父さんと繋いでるみたい」

「繋いだことあるの？」

「そりゃあ、まあ」

おかあさんは、「訊かないでよ」と照れた。

ぼくの前では、繋いだことはなかった。遠慮していたのかもしれない。

「もっとたくさん繋げばよかったのに」

そうねえ、とおかあさんの声が笑みを含んで遠くなった。

「でも、リョウちゃんと繋げたから」

行く手に、大鯨が跳ねた。

「三十代のお父さんと手を繋いだら、こんな感じかなぁって。出会う前のお父さんと手を繋げたみたいで、得しちゃった」

灯台の手前の低い岩場と、灯台の裏手の崖と。ポイントを変えて、大小の鯨たちをどれくらい数えただろうか。

化けもの鯨は、五頭ほど観測した。見ていた時間に対して、かなりいい確率だった。

「今日の晩ごはんは、おうちで作るわね」

おかあさんはそう言って、車を走らせた。

「別に外食でいいのに。めんどくさいだろ」

「せっかく帰ってきたんだから、一日くらいは母親の味を食べさせなくちゃね。何がいい？」

「じゃあ、沖縄っぽいものがいいな」

おかあさんが帰りに寄ったのは、地元チェーンのスーパーだ。全国チェーンも近くにあるが、仕入れている食材が平均化されているためか、意外と沖縄ならではのものが少ない。

家に帰るなり立てたお風呂に放り込まれて、上がってくるともう夕食ができていた。ゴーヤーチャンプルーにパパイヤイリチー、島らっきょうのおかか炒めに、アーサの酢の物。沖縄に来るまでぼくの知っているパパイヤは果物だけだったが、沖縄では青いパパイヤを野菜として売っている。しゃきしゃきした歯応えで癖がなく、千切りを豚肉やツナで炒めるのが定番だが、サラダにしたり和え物にしたりもする。

「旨い！」

ぼくは、ゴーヤーチャンプルーを白飯にワンバウンドさせながらかき込んだ。

「大袈裟よ」

「いや、東京の店で食うより全然旨いよ」

東京で、沖縄居酒屋に行くようになって思ったのは、晴子さんは料理が上手かったんだということだ。東京で食べるのがまずいわけではないのだが、

「何か、東京のはちょっと違うんだよなぁ」

「やぁだ、リョウちゃんったら」

おかあさんがおかしそうに笑った。

「そりゃあ、実家の味が一番しっくりくるに決まってるわよ。お店と比べるものじゃないわ」

ああそうか、と気がついた。

沖縄料理と括《くく》っていたが、ぼくにはもう、おかあさんの味が実家の味になっていたのだ。

「そういえば……」

おかあさんが、ふっと微笑んだ。

「あの日も、ゴーヤーチャンプルーを出したわね」

「あの日って？」

ぼくはパパイヤイリチーをワンバウンドさせながら尋ねた。こちらも安定の味だ。

「リョウちゃんが、初めておかあさんって呼んでくれた日よ」

「……そうだっけ」

「そうよ。すごく嬉しかったからメニュー全部覚えてる。パパイヤイリチーがクーブイリチーで、島らっきょうがベーコン炒めだったけど」

クーブイリチーは、昆布のイリチーだ。

「そんなに嬉しかったんだ？」

「そりゃあそうよ。ずっと悩んでたんだから」

悩んでた、とあっけらかんと言えるのも、もう昔の話だからだ。

ぼくはいい仕事をしたな、と、残波岬のぼくらを思い返した。

＊

残波岬から帰る途中、ぼくと父はずっと無言だった。

もうすぐ那覇インターというところで、ぼくはおずおずと口を開いた。

「……あの人、何だったんだろう」

突然現れて、突然父をぶん殴った。

それが未来の自分だなんて、当時のぼくには思いも寄らない。

「さあな」

父はふて腐れたように呟いた。

しばらくして、

「エスパーか何かだろ」

ぼくがもしかして、と思っていたことを言われて、声が弾んだ。

「やっぱりそう思う!?」

最初は気違いか何かかと思った。ぼくらの話を通りすがりに聞いて激昂した変な人だと。

だが、あまりにもぼくらの事情に詳しすぎた。もしかしたらエスパーだったのかもしれない、と思いはじめていたのだ。――子供な父のおかげで大人びていたとはいえ、そこはぼくもまだ夢多き少年だった。

「ばーか」

父はそう言い捨てた。

エスパーなんかいるわけないだろ、と来るのかと思ったら、

「どうでもいいよ」

殴られた頬は、腫《は》れていた。

家に帰ると、晴子さんが「どうしたの!?」とびっくりした。

ぼくらは目を見交わした。腫れた頬の言い訳は作っていなかった。

どうする？　任せた。オッケー。

「お父さん、はしゃいで岩場で転んじゃったんだ。子供で困るよね、まったく」

父が目を剝いた。

はしゃいだは余計だろ！　子供も余計だろ！　――と言っているのは分かったが、無視。

「もう！」

おかあさんは叱るような口調になった。

「磯でふざけちゃいけませんっていつも言ってるでしょ！」

父はうぐぐと唸っていたが、結局「うん、ごめん」と頷いた。

「冷やさなきゃ」

「いいよ、大したことない」

大したことないことにしたかったんだな、と大人になってから分かった。いきなり知らない若造に殴られて、正論をぶたれて、悔しいのかたまりだったのだ。このうえ、手当てがいるような打撃をもらったなんて、認めたくなかったに違いない。

「もっとひどくなるわよ」

晴子さんが玄関を上がった父の後を追ったが、父は「いいよ」と珍しく晴子さんに邪険にして、二階に上がった。

ぼくは部屋で濡れた服を着替えてから、ノートを出した。

鉛筆で、お母さんと書いてみた。それから晴子さんと。

お母さん。晴子さん。お母さん。晴子さん。――やっぱり、お母さんという言葉には、母の顔が浮かんでくる。

ふと気がついて、おかあさんと書いてみた。――おお。

「……いけるかも」

おかあさん。晴子さん。おかあさん。晴子さん。おかあさん。おかあさん。おかあさん。

ドアが軽くノックされて、晴子さんが顔を出した。

「リョウちゃん」

慌ててノートを閉じる。

「なに？」

「お風呂立ててあるから入っちゃいなさい。カツさんは後でいいって」

「分かった」

お風呂に入り、父と交替し、父が上がってから、晩ごはんになる。

緊張して、おかずが何だったのか覚えていない。

目につく端から白飯にワンバウンドでかき込んで、茶碗を空にする。

さあ行け。それ行けアンパンマン。愛と勇気だ。

「おかあさん、おかわり」

早口で茶碗を突き出す。

晴子さんが目を見開いた。むっつりビールを飲んでいた父も。

「……大盛り？　小盛り？」

晴子さんの声は、揺れていた。

「中盛り」

「中盛り一丁、承《うけたまわ》りました！」

晴子さんはわざとらしくおどけて、台所へ立った。

中盛りをつぐのに、やけに時間がかかっていた。

洟《はな》をすする音が聞こえた。

父は、何も言わなかった。

だが、ごはんが終わって、二階に上がるときに、ぶっきらぼうに言った。

「飛行機、前日でいいな」

晴子さんが、「まだ取ってなかったの⁉」と咎めるような口調になる。

そう言わないで。大躍進なんだよ。最初は帰るのよそうって言ってたんだ。

「法事が終わったら、すぐ帰るぞ」

「もう少しゆっくりしてきたら？」

父は「仕事がある」とにべもない。

ぼくは、本当はもっとゆっくりしたかった。祖母とも久しぶりだし、札幌の友達や幼なじみとも久しぶりだ。

だけど、父にとって祖母の家は針のむしろだろう。帰ってくれるだけで、御の字だ。

友達とは法事の前日に遊ぶことにしよう。

父が二階に上がってから、晴子さんが言った。

「リョウちゃんだけでも、もっとゆっくりしてきたら？　航空会社に頼めば、搭乗も到着も係の人が面倒見てくれるし、おばさん、空港まで迎えに行ってあげるから」

おやおや。せっかくぼくがおかあさんと呼んだのに。

「いいよ、おかあさんも忙しいだろ」

「……ごめんね、ありがとう」

そして、

「おかあさん、お土産は六花亭のバターサンドがいいな！」

「お父さんも大好物だから、きっと一番大きい箱で買ってくれるよ」

「楽しみにしてるね」

こうしてその日、晴子さんはぼくのおかあさんになった。

それからしばらく、ぼくも父も晴子さんも「晴子さん」と「おばさん」が時折飛び出て混乱を来《きた》したが、一週間も経つとすっかり「おかあさん」で定着した。

読書感想文と絵と工作から選べる夏休みの自由研究は、おかあさんの絵を描くことにした。

鉛筆で顔を描き、絵の具で色を塗る。

絵の横に、「おかあさん」と書いた。

居間の座卓で描いていたので、そのまま座卓の上で乾かし、絵の具をしまう。

暗室作業が終わったのか、父が汗だくで二階から下りてきた。

「ん？　宿題か？」

と、ぼくの絵を覗き、「似てるじゃないか」と誉めた。だが、ぼくの絵がモデルに似ているかどうかを判定できるのは、父だけだと思う。

「何でひらがななんだよ、子供っぽいな」

というのは、絵の横に書いた「おかあさん」だ。

「いいだろ、別に」

父も、大した問題ではないと思ったらしい。

「おかあさん、帰ってきたら喜ぶぞ」

「それはどうかな」

あの人、前にぼくの絵を上手くはないとはっきり言いましたよ。あなたのシーサーもキモいと言いましたけどね。

「喜ぶに決まってるだろ。こういうのは上手い下手じゃないんだ、ハートだハート」

……父も判定できるだけで、上手いとは思っていないらしい。

帰ってきたおかあさんは、涙ぐむほど喜んでくれた。「ほらな」と父は勝ち誇った。

学校から返された絵は玄関に貼られ、もう勘弁してくれとぼくが泣きを入れるまで、何年間か貼られていた。

そして、北海道に発つ日が来た。

「いってらっしゃい」

おかあさんに手を振られながら手荷物ゲートをくぐり、飛行機の席はやっぱり父が窓際だった。

父は憂鬱そうだ。祖母や母の親戚たちと顔を合わせることを考えると、気が重いのだろう。

「おかあさん、六花亭好きかな」

飛行機がじわりと動き出してから、父がそう呟いた。

おかあさんへのお土産を考えることで、少しでもテンションを上げようとしたのだろう。

「バターサンドがいいって言ってたよ。お父さんも好物だよって言ったら、嬉しそうだった」

「そうか。ロイズも買わなきゃな」

「きのとやのプリンも」

お土産にかこつけて、お互い自分の食べたいものを挙げるだけになってしまった。

千歳空港から汽車で札幌へ、札幌駅からはタクシーで祖母の家に向かった。

「おばあちゃん！」

ぼくが家に上がると、祖母が「よく来たね」とにこにこ出迎えた。

「ご無沙汰してます」

父が挨拶すると、祖母はやはりにこにこ笑って「まあまあ、ほんとにお久しぶりで」と言った。

「連絡がなかなかないから、帰ってこられるのかどうか心配してたよ」

なかなかパンチの利いた皮肉だ。

「すみません」

父も居心地悪そうだ。

ピーちゃんは元気そうだった。新しい青菜が鳥籠に差してあったのでおばあちゃんは大事にしてくれているらしい。

ぼくが友達の家に出かけるのと一緒に父も家を出た。やはり知り合いに会うらしい。

「なあ、何時に帰ってくる？」

父がそう訊いた。

「五時か六時か……」

「はっきりしてくれ」

祖母と二人きりになりたくないのだろう。

「じゃあ、六時」

「きっとだぞ」

指切りまでさせられたが、ぼくは六時に十五分遅れた。すると父が家の前で待っていた。

「遅いじゃないか！」

弱い。と思ったが、かわいそうなので「ごめんごめん」と謝った。

翌日の法事も、父はずっと隅っこで小さくなっていた。ちくりちくりと時折皮肉が飛んでくるのを、曖昧な笑みで受け流す。

おじさんに「新しい奥さんとは仲良くやってるかい」と訊かれたときは、さすがに顔が強ばっていた。

ぼくはできるだけ父のそばに張りついていたが、居心地の悪さは相当なものだったろう。

表情が和らいだのは、お墓と仏壇にお線香を上げるときだけだった。

「もっとゆっくりしていけばいいのに」

心にもない引き止めを受けながら、父は「明日の朝から仕事で」と曖昧に笑った。

「リョウだけでも」

祖母の本音はこれだろう。

誰が送ってくれるわけでもなく、タクシーを呼んで駅へ向かった。

千歳空港行きの快速に乗り、汽車が動き出してから、父がやっとネクタイを緩めて落ち着いた。

ボックス席で、父が座るのはやはり窓際。子供は、窓際が好きなのだ。

子供が、よくあんな針のむしろを我慢したと思う。

父はずっと無言で、窓枠に頰杖を突いて景色を眺めていた。

「なあ」

口を開いたのは、もうじき到着のアナウンスが入ってからだった。

「お母さんは……」

父はそこまでで口をつぐんでしまった。

怒ってないよな。許してくれるかな。言おうとしたのは、その辺りだろう。

「大丈夫だよ」

ぼくがそう言うと、父はぼくに目を向けた。

「おかあさんとのこと、安心してくれてるよ」

父が、一瞬泣きそうな顔になった。

「……だな。エスパーも、言ってたもんな」

殴られたことは悔しいけど、エスパーの言っていたことは信じたいらしい。

「あのエスパー、どこから来たんだろうね」

ぼくが訊くと、父はうーんと考え込んだ。

「どっか未来とかからじゃないか？」

当てずっぽうだったに違いないが、結果的に炯眼《けいがん》だったということになる。

空港で、ぼくらは北海道でおいしいと思うものを片っ端から買い込んだ。

おかあさんにこれ食べさせたいね。お母さんはこれが好きだったね。おかあさんと
お母さんが自然に会話の中に入り交じった。

ぼくが買ったものに、父がうえっと顔をしかめた。

「お前、わざわざそんなもん……」

「金ちゃんにおまけだよ」

ジンギスカンキャラメルは、ぼくのお小遣いで買った。

＊

……夢を見た。

金ちゃんにおまけだよと言いながら、ジンギスカンキャラメルを買っているぼくを、どこからかぼくが見ている。

ベンチにお土産の大荷物を置いて、父がどこかへ去る。トイレか何かだろう。ぼくはベンチで荷物番だ。

金ちゃんにはメインのお土産は何を買ったっけ？　と思いながら近づくと、ぼくが顔を上げてぼくを見た。

「ロイズのナッティバー」

あ、そうだっけ？

「しかし、力業にも程があったよね」

ぼくの顔も声も呆れていた。

「まさか、過去を変えに来るなんて」

「俺にとっては過去じゃなかったからな」

残波岬で、あの日の父とぼくを見た。

見ているのは、『今』のぼくだ。

おかあさんが車を停めるのももどかしく、飛び出した。

走って走って、ぼくは母に禁じられた決定的な言葉を吐き出す刹那《せつな》に間に合った。

穏便に止める方法は思いつかなくて、走ってきた勢いのまま、父を殴ってしまったが。

「変わる前って、どうなったんだっけ」

「もう消えちゃったよ。ぼくも思い出せない」

「きっと、思い出せなくていい過去だな」

「それは同感」

どう考えても、今より悪い想定しかできない。

「……ありがとう」

ぼくが、殊勝にそう呟いた。

「……って言ったけど、聞こえてた？」

ぼくは、首を横に振った。

ありがとうと叫んだことは、過去の記憶として知った。

「ありがとう」

ぼくが、改めてそう言った。

「どういたしまして」

「でも、これっきりだ」

ぼくの顔が、厳しくなった。

「いくら沖縄が慈悲深くても、これ以上はきっと許さない」

「いいんじゃないか。奇跡が何度も起きたらありがたみがない」

「能天気だね」

ぼくが呆れたように肩をすくめた。

「たった一度の奇跡を、ここで使ってよかったのかって後悔するかもよ」

「しないさ。って言えたらかっこいいんだけどな」

ぼくは苦笑した。

「分からない。後悔するかもしれない。でも、止めずにはいられなかった」

止めずにはいられないほどの何かは、あったのだろう。

「それを止められた」

変える、という意識はなかった。とにかく止めたいと、止めなきゃと、それだけで。

人が死にそうな現場に立ち会ったら、とっさに助けようとする。ぼくのダッシュは、
ダッシュに載せたパンチは、そういう種類のものだった。

「充分じゃないか。そもそも俺は、奇跡のカードを一枚持ってるなんて知らなかった

んだから、カードを切るタイミングを選んだりはできなかったよ」

「知ってたら、タイミングを計ったかい？」

「計ったかもしれないけど、計ってたら、奇跡は起きなかったんじゃないか？」

奇跡のタイミングを見計らうような小賢しさに、沖縄が応えるとは思えない。

「後悔するときが来たら、苦しむさ」

図らずも、死んだ父と話せた。父の苦しみを、多分、少しは掬《すく》ってやれた。

晴子さんを、恐らくは消えてしまった過去より早く、おかあさんと呼んであげられた。

今、これ以上、何を望む？

ぼくが、くすりと笑った。

「かっこいいよ。後悔しないさ、って言うより、ずっとかっこいい」

「そりゃ、どうも」

ぼくが、ぼくに向かって手を差し出した。

「よかった。君は、ぼくがこんな大人になりたいと思うような大人みたいだ。おかげで、未来に希望が持てる」

「つくづく偉そうだな、お前は」

「ぼくは君だよ」

「じゃあ、俺はえらいことといけ好かない子供だったんだな」

ぼくは、ぼくの差し出した手を、強く握った。

「迷わず来いよ。俺のとこまで」

ひゅーう、とぼくが口笛を鳴らした。

「かーっこいい」

今のは、明らかにばかにしている。

やっぱり、いけ好かない。

「あ」

ぼくがぼくの背中のほうを窺った。

「帰ってきた」

きっと父だろう。

「もう行ったほうがいい」

少し、名残惜しかった。最後に、もう一言くらい……

「気持ちは分かるけど、行ったほうがいい。お父さんは、殴った男の顔をまだ覚えてる」

それはまずい。

ぼくは慌てて「じゃあ」と手を挙げ、足早にその場を離れた。

ぼくを見送りながら、ぼくが声をかける。

「君が後悔のない人生を送れることを祈ってるよ」

おおい、と父の声がした。

「どうした、リョウ。知り合いか？」

「うん、ちょっと」

父が呼んだのは、ぼくではない。子供の頃の、過去のぼくだ。

それでも、今、三十二歳のぼくが、リョウと呼ぶ声を聞けたことは、嬉しかった。

三日目

*

……夢が覚める手前のうつつ。
現実と夢が入り混じるあわい。

おかあさんのこと……

声変わり前のぼくの声が聞こえた。

アンマーって呼んであげたら喜ぶんじゃないかな。沖縄の言葉で「おかあさん」ってさ。

そうかなぁ、と夢うつつに思った。
おかあさん、沖縄が好きだしな。確かに、喜ぶかもな……
もう、三日目だ。
今日が終わったら……

今日が終わったら、ぼくは、どうなる？

君が後悔のない人生を送れることを祈ってるよ。

果たして、ぼくは、後悔のない人生を生きられるのか——

そんなことをくよくよ思い悩んでいるうちに、鳥の声が鳴いた。

＊

滑らかに歌い上げる鳥の声は、設定した携帯の目覚ましだった。

最近の携帯は大したもんだなぁ、と思いながら目覚ましを止める。

画面を見て、ふと気づいた。

沖縄に来てから、一度も電話が鳴っていない。メールも一本も入っていない。

携帯は、ただ持っているだけだった。

ふと気になって、アドレス帳を開いてみた。そこに記憶の手がかりは何もなかった。

——というのは、どの名前がぼくにとって重要なのか、ぼくには一切分からなかったのだ。ただ漠然とＮＴＴの電話帳を眺めているのと変わらない。

普通ならパニックになりそうなものだが、ぼくに動揺は訪れなかった。

むしろ、ああそうか、と納得した。

余計なことを思い煩《わずら》わず、この三日目を大事に生きろと言っているのだ。——多分、沖縄が。

ぼくは、おかあさんの休暇に付き合うために、沖縄に帰ってきた。

今、大切なのは、そのことだけだ。

カーテンの隙間から、強い日差しがチラチラと揺れた。

開け放つと、容赦なく部屋の薄暗がりを駆逐する。

昨日の雨が嘘のような青天だった。

着替えてから居間に行くと、もうおかあさんが台所に立っていた。

「おはよう。朝ごはん、昨日のあっため返しでいい？」

昨日は、パパイヤイリチーとゴーヤーチャンプルーが少し残ったはずだ。

「上等上等」

洗面所で顔を洗ってから、ふと思い立って二階に上った。

両親の寝室を覗くと、壁にぼくの描いた絵が貼ってあった。玄関に仰々しく飾られ、もう勘弁してくれと泣きを入れて剝がしてもらった、おかあさんの絵だ。

額装までしてある。——いつしたんだっけな。確か、家を出てからだった。何度目かの帰省で額装にぎょっとして、額装は勘弁してくれと泣きを入れたが、それは却下された。

だって、おかあさんの宝物だもの。

思えば、親の絵を描いたのは、これが最後だった。

中学生になると、図画工作は美術の授業になり、絵のお題にお父さんやお母さんは出てこなくなる。おかあさんの絵は、ギリギリ滑り込みセーフの、最後の一枚だった。

我ながら笑っちゃうくらい下手くそだったが、それでもあの夏休みの自由研究で、おかあさんの絵を描いておいてよかったと思った。

ぼくの絵の隣には、家族写真が飾られていた。これも額装。

意外とぼくの家には、家族全員が揃った写真が少なかった。父がカメラマンなので、ついつい自分が撮影に回ってしまい、誰かにシャッターを頼むということがなかったのだ。

父のカメラは本格的な物だったので、簡単に通りすがりの人に頼めないということもあった。さりとて三脚を一々立てるのも面倒くさくて、ついつい父の写真は少なくなった。

いかにも沖縄らしい、エメラルドグリーンの浅瀬と白いビーチをバックにした家族写真。

確か、うるま市の海中道路を渡ったときだった。凪《な》いだ海があんまりきれいで、父が珍しく駐めた車から三脚を出してきた。

セルフタイマーを仕掛けて、父は細かい白砂に足を取られながら駆けてきた。転びそうになったのをむりやり立て直してシャッターが下りるその寸前に滑り込み、そのせいで全員が弾けるような笑顔。

いつもは、おかあさんが使い捨てカメラを通りすがりの誰かに渡して撮ってもらうことが主だった。

そういう写真は、父の笑顔が少し硬い。豪快で人懐こいが、実はなかなか人に心を許さない。それは、複雑な生い立ちのせいもあったのだろうか。通りすがりの他人にカメラを向けられても、そうそう会心の笑顔を見せる父ではなかった。

仏壇の開けっぴろげな笑顔も、カメラマンはおかあさんか、ぼくだったはずだ。

爆笑寸前のような昔のぼくたちの笑顔を見て、ふっと涙がにじんだ。

ああ——ぼくたちは、何て幸せな家族だったんだろう。

寝室を出て、次は父の暗室を覗いた。

整頓されていたが、父が使っていた頃のままだった。本人はちょっと留守、という程度の。

まるで明日にも帰ってきそうな。

明日にも帰ってきて、おかあさんがきれいに整理整頓してくれたのを早速ごそごそ散らかしはじめるような。

夏場の暗室作業は、クーラーをガンガンにつけていても、滝にでも打たれたのかというくらい、汗だくだった。

お父さんの暗室は、北極ね。

おかあさんがいつもそうからかっていた。

白熊が汗をかくかい、と父は唇を尖らせてシャワーを浴びに行っていた。

そのうち、北極からクマさんが出てきた、というのが父の暗室作業が終わった隠語になった。

そんな夏を、一体何回過ごしただろう。ぼくたちの幸せな幸せな夏を。

階下から、卵の焼ける匂いが漂ってきた。ぼくは階段を下りて居間に向かった。

昨日のおかずの残りに、卵焼きがついて、菜っ葉の味噌汁がついていた。

シンプルに塩で味つけをした熱々の卵。

「おかあさん」

「なぁに？」

おかあさん。なーあに？　そんな歌があったたな。

「俺、おかあさんの卵焼きが一番好きだったよ」

自然と過去形になっていた。

おかあさんが「ありがとう」と微笑んだ。

「そのうち、お嫁さんの卵焼きが一番になるわよ」

お嫁さん、と言われたとき、ふっと誰かの顔がよぎったような気がした。

よぎった面影は、捕まえられない。

無理に追うのはやめた。

「今日は、どこに行くの」

「うるまで勝連城《かつれんグスク》を見て、海中道路を渡ろうと思って」

「そりゃあ、いいね」

抜けるような青天だ。海原をまっすぐ島へ渡る道路は、きっと絶景だろう。

ごはんを食べて、二人で後片づけをした。

歯を磨いて、おかあさんはお化粧タイム。

それから家を出る。

玄関先の小太りシーサーと、キモぃシーサーが見送る。

いつの世までも、おかあさんを守ってくれよ。

「さあ、行こうか」

おかあさんの楽しげな号令で、水色の車は、今日も快調に走り出した。

海中道路は、昨日の残波岬《ざんぱみさき》のちょうど東西の反対側になる。残波岬が西で、海中道路のあるうるま市が東。ちなみに、沖縄の言葉では、東を「アガリ」と呼び、西を「イリ」と呼ぶ。

日が海から「上がる」方向だから東がアガリ、日が海に「入る」方向だからイリ、というのは、内地の人間にも分かりやすいが、一方で「ニシ」は北を意味してしまうので、この辺から内地の人間はちんぷんかんぷんだ。南は「フェー」。

昔はコザ市と呼ばれていた沖縄市に差しかかると、バリバリバリッと爆雷のようなジェット音がして、雲ひとつない青空を二機編隊の小さな三角形が遠くへ飛んでいった。近くの嘉手納《かでな》基地から飛び立ったF－15戦闘機だろう。朝一番だから、これから訓練飛行かもしれない。

F－15が飛び去った後に、二筋の飛行機雲が残った。

あらぁ、とおかあさんが呟く。

「すっかり晴れたと思ったのに、明日はまたお天気が下り坂かもしれないわね」

飛行機雲が長く伸びると、一見青天に見えてもまた雨の日が近づいている。空中に含まれた湿気が、ジェットの吐いた飛行機雲をいつまでも空に残しているのだ。

「そういえば、お父さんもよくジェット機を撮りに行ってたわね」

多分、ミリタリー雑誌の依頼だったと思うのだが、嘉手納基地の周辺はよく通っていたように思う。ぼくも連れていってもらったことがある。

凄まじい勢いで飛び去るジェット戦闘機を、二機編隊で鼻面を逃さずフレームに見事に収めていたのだから、今にして思うと父は、けっこう凄腕《すごうで》カメラマンだったのだろう。別に航空機専門ではなく、本来のフィールドは自然写真だったのだから。

コザ市街を避けて沖縄北インターで高速を降り、ビーチ沿いの道を走る。いい道の選択だ。車はぽつぽつ、しかしどれも快調に流れている。

遠浅の海が、冗談みたいに明るい青。

引き潮で、藻のこびった岩がごつごつと沖まで顔を出している。

海中道路の手前で、おかあさんが車を内陸側に右折させた。勝連城へ行くためだ。カーナビの音声ガイドは入れていなかったが、突然、何もない真っ白な画面の中を自車のマークが走り出した。

ぼくにも覚えのない広くて新しい道で、「開通したばかりなのよ」とおかあさんが言った。カーナビはかわいそうに、登録されていない道を突き進まれて迷子になってしまったらしい。

だが、おかあさんが迷子になっていないので大丈夫。まったく迷いのないハンドル捌《さば》きで、ぼくたちは勝連城のそびえる丘のふもとの駐車場にたどり着いた。

「グスク」という漢字は、内地では「しろ」や「じょう」と読むが、沖縄では城とか砦《とりで》という意味らしい。定義は未だにはっきりしていないが、大きくは城と砦という意味らしい。

沖縄本島に有名なグスクはいくつかあるが、一番砦らしい武張《ぶば》ったグスクは、勝連城のような気がする。十五世紀に勝連の地を貿易で栄えさせた阿麻和利《あまわり》の居城として有名だ。阿麻和利が琉球王の統一に最後まで抵抗した土地の有力者だったという歴史を知っていると、なおさら武張って見える。

文字どおりの、抜けるような青空を背景に、石だけを実直に積んだグスクはそびえ立っている。

最近でこそ、坂をショートカットする階段ができたり、手すりがついたりしているが、それがなければお年寄りなどはてっぺんに登ることも難しそうだ。

質実剛健《しつじつごうけん》な、正に砦。

日本の城のように砂利が敷かれたり搗《つ》き固めてあるわけでもなく、グスクのふもとは丘の野面《のづら》そのもの。素朴なシロバナセンダングサが咲き乱れている。

あちこちに、キャンバスを立ててスケッチしている人がいる。確かにこのグスクは、絵の題材としても雄大で描き甲斐があるだろう。――絵が上手くないぼくには、よく分からないけど。

昔、父と来たときは、わざと順路を外れて、裏手の石垣のほうに寄り道したりした。石垣の上を渡って、そそり立つ城壁まで。

遠くから見ると、石垣の上を渡ってたやすく城壁にたどり着き、よじ登れそうな気がするが、城壁に近づくにつれ石垣の傾斜はきつくなる。石垣の外側は高い崖。もし敵がグスクを攻めようとしても、足元が危うくて隊列は到底組めそうもない、ということが実感としてよく分かった。上から矢を射られたらひとたまりもない。

正に城塞だな。

父がそう呟いて、石垣を登りきったところから、反《そ》り返るような城壁を見上げた。ぼくと同じ感想を抱いていることが分かった。

この剛健なグスクがあればこそ、阿麻和利は最後まで王朝に抵抗することができたのだろう。

危ないからだめよ、とおかあさんに言われながら石垣を城壁まで登りきったぼくらは、高い木に登って下りられなくなった猫の気持ちを味わうことになった。

石垣の上は幅が広くて、まるで石積みの通路でも渡っているような気分でお気楽に登りきってしまったが、いざ振り向いて下りようとするとけっこうな急勾配を登ってきたことに気づく。

うわー、恐！　うわー、恐！

父は口に出してストレスを発散しつつ、じりじりへっぴり腰で石垣を下りた。少し下りてはぼくのほうを振り返り、ほれと手を差し出す。ぼくは父の手に摑《つか》まりながら、やはりじりじりじりと下りた。

決して大柄ではないのに、不思議なくらいに力強くて、安定感があった。父が支えきれずに一緒に転がり落ちてしまうかも、なんて露ほども思わなかった。

今のぼくは、どうなのだろう。子供があの傾斜を下りてくるのを、あんなに揺るぎなく支えることはできるだろうか。

子供の目から見る「お父さん」は、絶対的に力強い存在だった。――あんなに子供な父でさえ。

てっぺんの曲輪《くるわ》に登る途中に、昔はてっぺんと繋がる秘密の抜け道になっていたという洞穴がある。

その洞穴のそばに、真っ赤なハイビスカスが咲いていた。沖縄には、赤やピンクや黄色、大輪に中ぶり、花屋で売っていそうな様々なハイビスカスがどこにでも無造作に生えている。

あまりにも見事に赤く、目を奪われた。まあ！　と声を上げたおかあさんもやはり奪われたらしい。

「お父さんがいたら、きっと写真に撮ったわね」

あんな顔して、野花から園芸種まで花なら何でも好きだった父なら、きっと喜んでシャッターを切っただろう。ぼくが飽きて「もう行こう」と言うまで。もしかしたら、言ってもまだ。

てっぺんの曲輪に登ってしまうと、意外と殺風景だ。武張った城塞の風情は、登る間のほうが楽しめる。

てっぺんに登ると、見所は高所から見下ろす海に変わる。海岸線に近代都市が張りついている中城湾《なかグスクわん》と、素朴な島の浮いた海原が広がる金武湾《きんわん》。

雲が浮いていないので、宝石のような海の青さが楽しめる。

風が金武湾側から中城湾へと強く吹き抜ける。なぶられる髪が鬱陶しくて、自然とぼくたちは風が髪を後ろへ吹き流すように金武湾のほうを向いた。

これから渡る海中道路、そして繋がる島が見える。

ふと、父から聞いた豆知識を思い出した。

「おかあさん。海は鏡だって知ってた?」

おかあさんは、きょとんとした顔でぼくを見た。――しめしめ、どうやら初耳か。

「海の青さは、空の青さなんだって。海は空を映し込む鏡だから、空が青ければ青いほど、海も青くなるんだって」

父は、ぼくと二人で海に行ったときに、そう教えてくれた。自慢げな口調で、ぼくが知らないことを教えるときの癖で、小鼻が少し開いていた。

　ぼくは大人びた子供だったから、父が大人ぶって物を教えられる機会をあまり与えなかったかもしれない。

「だから、海を見るなら雲のない日が最高なんだって。雲が多いと、曇った空を映し込んで、海の色もくすむんだってさ」

　おかあさんの反応は、ぼくの期待と甚だしく違っていた。

「……リョウちゃんにも言ったことあったっけ？」

「へ？」

「それ、おかあさんが昔、お父さんに教えてあげたんだけど」

　何ですと⁉

「懐かしいなぁ、お父さんが二回目に沖縄に来たときよ。一回目は初日が大雨だったでしょ。次の日は晴れたけど、荒れた名残で海が濁っちゃってね。お父さんはきれいな海ですねって喜んでくれたんだけど、おかあさん、悔しくって」

　それは確かにそうだろう。大雨で波が沸き返って濁った海は、すぐには透明を取り戻さない。

「それで、沖縄の本気の海はこんなものじゃないんです、また来てくださいねって。そうしたら、ほんとにまた来てくれて……」

おかあさんは回想モードに入ったが、回想の中でさぞかし男ぶりが上方修正されているであろう父に、水を差さずにいられない。

「親父が、俺に自慢してたんだよ。さも自分が知ってたかのように」

「まあ！」

おかあさんは、吹き出した。

「お父さんったら！」

一頻《ひとしき》り笑って「かわいいなぁ、もう」と呟いた。父のことならもう何でも上方修正らしい。卑怯《ひきょう》なり、故人。

「ここ、ずいぶん覗き込んでたわねえ」

というのは、抜け穴になっていると言われている例の洞穴だ。石の竈《かまど》のような御嶽《ウタキ》が設《しつら》えてあり、その御嶽にくっついて洞穴が口を開いている。

どちらかというと、洞穴が御嶽になったというのが近いかもしれない。

ほんとに、繋がってんのかな。そう言って父は、地面に這《は》いつくばって洞穴の奥を覗き込み、放っておいたら潜り込みかねなかった。

登るときはひたすら黙々と足を動かした急勾配の階段は、下りるとなると手すりを使わないと恐いくらいだ。恐いほどの急勾配であってこそ、城塞として強固だったのだということが、体感できる。

内地の城のように建物が残っていないだけに、地形でそれが分かる。

「お昼、ちょっと早くなるけど、タコス買っていこうか」

海中道路に渡る手前にある名物店だ。ボリューミーな一人前四個のタコスと、タコライスが人気。

海中道路の真ん中に、道の駅ならぬ海の駅もあるが、タコスをテイクアウトして海を見ながら食べるのも素敵だ。ピリッとチリソースの利いた、チーズ山盛りのタコスは、ビーチの食べ物という感じがして、父が生きていた頃もよく海辺で食べた。

素朴にも程がある佇《たたず》まいのタコスの店に寄り、プラパックが弾け飛びそうなタコスを三人前買った。内訳はおかあさん一人前、ぼくが二人前。見るだけでお腹いっぱいになりそうなほどボリュームたっぷりなのに、女性でも四個ぺろりと行けてしまう。

カーナビは現在地を取り戻し、海中道路を渡りはじめた。

海中道路は、まるで海面を走っているような高さに広々とした道がかかっている。海面を渡るようなこの感覚は、全国でもなかなか珍しいのではないだろうか。

ターコイズブルーをまっすぐ貫いてぼくらは海の駅に寄り、飲み物を調達してから平安座島《へんざじま》を経由して浜比嘉島《はまひがじま》へ渡った。浜比嘉島にかかる浜比嘉大橋を渡ってすぐに右折、しばらく行くと、小さな漁港の手前に、とても何気なく御嶽がある。

東《アガリ》の御嶽だ。

徐行でよく目を凝らさないと見落としてしまうほどこぢんまりとしていて、道端に看板が立っている。

漁港の駐車場——というか、もしかすると空き地？　に車を駐める。路肩に駐めても問題ないくらい道は広々として、また車も少ない。

少し戻って御嶽の入り口を入る。道の舗装は、脇に入ったところでいきなり途切れ、木々が生い繁った田舎道のような風情。

人が通うことで踏み固められたような道をしばらくたどると、ひっそりと異世界に繋がる。

林の中にぽかりと空間が空いた——と思ったら、林を構成している木々のほとんどが、広場の中央に根を張っているガジュマルの気根。水平に枝を伸ばし、至るところから気根が垂れている。まるで周辺の木々をすべて巻き込んでいくかのように、その空間のすべてがそのガジュマルに抱かれている。

何度見ても、圧倒的な生命力に慄《おのの》く。空気の質も、御嶽の外とは違っているようだ。重なった梢《こずえ》の隙間から、日の光がまだらに射し込む。

聖地とはこういうものか、と思う。霊を信じない人でも沖縄に来ていくつかの御嶽を巡ると、自然の中に神や精霊の存在を感じずにはいられない。

吸い込む空気が、その場を満たす気配が違うのだ。

斎場御嶽と違って観光地化されておらず、立ち入る人とかち合うことも少ないから、余計だ。今は、ぼくとおかあさんの二人だけだった。まるで禁域に入り込んだような

——自然と息を潜め、声も潜まる。

広場の奥に、大岩を背にして、コンクリ造りの素っ気ない祠《ほこら》がある。手を合わせて、心の中で選んだ言葉は、自然と「お邪魔します」になった。

一番奥には、丘の上へと続く階段がある。ぼくは何度か来たが、一度も登ったことはない。

「お父さんがね……」

おかあさんのいとおしそうな声音は、やはり父宛て。

「初めてここに案内したとき、階段を登ろうとしたの」

父なら、当然そうするだろう。穴は潜らねばならず、階段は登らねばならない。

「でも、階段をいくつか登ったところで、『やめましょう』って下りてきて」

蜘蛛《くも》の巣が張ってる。聖域ですね。

「……そう言ったのよ」

人が頻繁に行き来する道に、蜘蛛の巣は張らない。

子供は、気配に敏感だ。父は、蜘蛛の巣が張った階段に、よそ者が踏み入ることを拒む空気を感じたらしい。

今も、階段には落ち葉が積もっている。広場には、それほど落ちていない。土地の人が、階段には日頃手をつけていないのだろう。

「おかあさんもね、登ったことはなくて」

父のことも止めようとした矢先に、父は階段を下りてきたのだという。

「この人は、本当に土地を尊重してくれてるんだなって……カメラマンだからどんな景色でも自分で見たいはずなのに。そのとき初めて、お客さんじゃなくて、素敵な男の人だなぁって思うようになったのよ」

おかあさんの側の、恋に落ちた瞬間ということだろう。

父が恋に落ちた瞬間はいつだったのか。それはぼくも聞いていないから分からない。けれど、初めて会ったその日に恋に落ちたらしいよとぼくが話したことを、きっと父は咎《とが》めない。

いつからわたしのこと好きだった？　恋人同士の無邪気な質問をおかあさんが父に投げかけていたとしても、父はきっと「初めて会ったその日から」とおどけて答えたことだろう。

ぼくが階段を登ったことがないのは、父が登らなかったからかもしれない。

いつも誰よりも率先して子供だった父が登らなかったのだから、登るものじゃないと自然に思っていたのだ。

「……親父に聞かせてやりたかったよ。おかあさんが恋に落ちた瞬間」

ぼくが言うと、おかあさんはにっこり笑った。

「自分で会えたとき、言うわ」

そうだね、とぼくも笑った。

いつか、おかあさんもこの地で亡くなる。きっとまた、父と会える。

ぼくが聞かせたかったとじたばた焦らなくったって。

「ニライカナイ、だっけ。沖縄の天国」

海の向こうにあるといわれている、神様の住む国。

「内地で言う天国とは、ちょっと意味合いが違うかもしれないわね。神様がそこからやってきて、悪いものや恐いものも、ニライカナイへ送り返すの。久米島《くめじま》にはネズミをニライカナイへ返すおまじないの歌があるのよ」

沖縄では、魔物も災いも海からやってくると信じられている。面倒なものも神様が引き取ってくれる、ということか。

「やっぱり、神道《しんとう》と似てる」

荒ぶるものを神様に祀り上げて封じてしまう、という思想は、災いを海の向こうの神様の元へ送り返すのと似ている。

「人の魂も還るのかな」

「ええ、きっと」

頷いたおかあさんが、くすっと笑った。

「お父さん、海が大好きだったから、写真をいっぱい撮りまくって神様に叱られてるかもしれないわ」

ありえる話だ。

「つまみ出されて、帰ってくりゃよかったのに」

「帰ってこなかったわねえ」

そして、おかあさんがまた笑う。

「あんまり海がきれいで、居座っちゃったのよ。きっと」

「不法占拠だ、不法占拠」

「神様に愛されてるわよ、きっと」

故人を語るときは、きっとが連発される。

まるで祈りのように。

「沖縄の土地を、ちゃんと尊重してくれてたお父さんだもの」

「勝連城の抜け穴にも潜らなかったしな」

限りなく潜りたそうではあったが。

広場を出るとき、自然と会釈が出た。——お邪魔しました。

車に乗って、もう少し先へ。

爆笑寸前の、家族全員、会心の笑顔が出た写真を撮ったビーチまで、ほんの一分。

駐車場に車を駐めて、真っ白な砂浜へ下りる。

浜には、一面にヒルガオが咲いていた。

「沖縄って、ヒルガオも色が濃いのかな」

ハイビスカスを始め、沖縄の花は色鮮やかなイメージがある。

ヒルガオの花も、内地で見るものより色が濃い。ピンク色というより、紫。

「内地のヒルガオとは、種類が違うのよ。グンバイヒルガオっていうの。お父さんに訊かれて、最初はおかあさん、ヒルガオって言ったんだけど」

そんなはずないですよ、と父は食い下がったという。シロバナセンダングサのときのように。

ヒルガオは、もっと色が淡いです。こんな鮮やかな色のヒルガオ、見たことがない。

「それでまた、おかあさんが調べてね」

自分で調べないのが、父らしい。興味が図鑑を調べるところまで保《も》たないのだ。

「……咲いててよかった」

おかあさんが、いとおしそうに目を眇《すが》めた。

「……ぼくに見せたかった？」

馴れ初めの頃の花を？

「そうね、それもあるわ。でも、おかあさんが見たかったの」

強い日差し、目を刺すような白い砂。

ぶいぶいと繁る緑の蔓《つる》、点々と花開く濃い紫のヒルガオ。

波打ち際のエメラルドグリーンから始まる、ターコイズブルーの海。

絵の具を流したような、冗談みたいな青い海。

もう一人揃えば、家族写真を撮ったあの日と同じだ。

親父、聞こえるかい？

おかあさんは、今でもきれいだぞ。

波打ち際を少し歩いてから、車に戻った。

今度は来た道を戻り、島の反対側へ。海沿いを今度はほんの五分で磯に出る。また空き地に車を駐めて、磯へ。

磯の先に、沖縄を創った神様アマミキョのお墓がある。

アマミチューの墓。

女神であるアマミキョは、久高島《くだかじま》に降りた後、シルミキョという男神と結婚して、浜比嘉島に住んだという。

内地の人間からすると、神様にお墓があるというのは、何だか不思議な感じがする。

人間から祀り上げられた神様なら、分かるのだけど。

転んだら大惨事になる凶悪な磯は、ここでも健在。

「日本で一番恐いよな、沖縄の磯は」

波で洗われても洗われても、次から次へと角張る岩。どうしても足元は慎重になる。

コンクリの通路を下りて磯を歩いてみよう、という選択肢は地元民にはない。

磯が凶悪なせいか、沖縄の人はあまり海で泳がない。ビーチはバーベキューをしたり、ビーチバレーをするプレイフィールドだ。

「泳げない人も多いんだっけ？」

海で泳がないのに、海に囲まれているから学校のプールも少なく、泳ぎを楽しめるような川や湖もない。漁師以外の一般人には、泳ぎが達者になる機会があまりない。

「でも、北海道も泳げない人が多いんでしょ？　お父さんが言ってたわ」

「まあ、そうだね」

北海道は北海道で、夏でも涼しくて海が冷たいので泳ぐ文化は発達していなかった。だから、北海道の海の楽しみ方も、やはり沖縄同様バーベキューだ。

「北の端と南の端が似てるなんて、不思議ねえ」

北海道の男と沖縄の女は相性がいいという俗説も思い出したが、父の出身は元々は北海道ではないので、それは口に出さないでおいた。

通路を突き当たりまで歩くと、傾斜の急な階段があり、岩に彫りつけられた四角い穴。穴の周りをコンクリの簡素なお堂が囲っている。昔はこのお堂もなかったのかもしれない。

お墓は、日の昇るほう——つまり、東《アガリ》の海を向いている。

降り立った久高島も、斎場御嶽から見ると真東に当たる。沖縄の女神は、日の昇る海から来て、日の昇る海へ帰ったのかもしれない。

「この年だときついわぁ」

おかあさんが、慎重に階段を上る。転がり落ちたら、大惨事の急傾斜。

「シルミチューの洞窟は、もっときついぞ」

このまま島を回って、集落を突き抜けると、島の南側にある洞窟だ。アマミキヨとシルミキヨが住んでいたという。洞窟は小山の上で、ずっとまっすぐ階段だ。

「アマミチューは、段が大きいんだもの」

観光客のことなんて一切考えていない、大の男でも大股開きで登らなくてはいけない大階段だ。小柄なおかあさんは、一段一段よっこらしょである。

「ほれ」

ぼくは、おかあさんに手を差し出した。おかあさんも、今日は照れずに摑まった。あるいは、照れる余裕がなかったのかもしれない。

素朴なお墓を拝んで、また階段を下りる。ぼくが先に下りつつ、手を貸した。

再び車に乗って、島の南へ。

軒の低い赤瓦の家やコンクリ造りの家が建ち並ぶ、いかにも沖縄らしい集落の細道を、水色の車はするすると抜ける。

やがて、サトウキビ畑に出た。畑の中の一車線を、更に進む。

突き当たりに海が開け、ささやかな松原。車はその辺に駐め置け、といわんばかりの空き地。

おかあさんが大雑把に車を駐め、ぼくたちは車を降りた。

松林を抜けると、まっすぐ上に登っていく階段が延びている。子供の頃は何も思わなかったが、大人になってみると、ちょっとげんなりする長さ。

でも、おかあさんにはこちらの階段のほうが楽らしい。足取りも軽快だ。

「お父さんは、いつもジャンケンで登ったわね」

「迷惑だった」

間髪入れずの即答になるくらい。

グーで勝ったらグリコ、チョキはチョコレート、パーはパイナップルと、言葉の数だけ登れるやつだ。

さっさと登ればすぐなのに、ジャンケンで登ると時間のかかること。

下りるときもジャンケンだったから余計だ。

ぼくとしては、ふもとのカフェでさっさとおやつやお昼にしたいのに、まるで義務かノルマのようなくどいジャンケンが続くのだ。迷惑と言わずに何と言おう。

「お父さん、楽しそうだったじゃない」

「普通は、子供の楽しみが優先されるもんだろ」

「そこは、まあ……」

おかあさんは、言葉を濁した。皆まで言うな。

登りきったところの洞窟は、鉄柵でしっかり囲ってあって、ちょっと風情を消している。まあ、住居だったという話だし、不届き者が立ち入らないように戸締まりするのは正しいのかも。

拝んで、また階段を下りる。

松林で、かわいこぶった声で猫が鳴いた。

見ると、美人な三毛の子猫だ。生後半年ほどだろうか。

「あら、まあ」

おかあさんが嬉しそうにしゃがんだ。子猫は、人懐こく体をすり寄せてくる。触り放題だ。

「連れて帰ってあげたいけど……」

ガイドの仕事で家を泊まりで空けることも多いおかあさんが、一人暮らしで動物を飼うことはできない。

「毛並みがきれいだから、飼い猫か地域猫だよ」

おかあさんを安心させるためだけでもなく、ぼくはそう言った。子猫はスリムだが飢えた感じはなく、毛並みはブラシでもかけたように滑らかだった。

しばらくぼくたちにお愛想を振って、なにも出てこないらしいと分かると、ぷいと行ってしまう。きっと、小腹満たしにおやつをせびりに来たのだろう。

お昼までまだ一時間ほどあったが、ぼくたちはさっきのグンバイヒルガオのビーチに戻って、お昼を食べることにした。

次に渡る宮城島《みやぎじま》では、きっとお昼ごはんを食べる感じにはならない。それに、あのビーチで父も一緒にタコスを食べたことがある。

またさっきの駐車場に車を入れ、ビーチに下りる。きれいな白砂はわざわざシートを敷くまでもない。父と三人で来たときも、砂浜に直接座った。

「日焼けが恐いわぁ。今さら気にすることもないけど」

いえいえ、今でも美人ですとも。

輪ゴムをかけたパックを開けて、四個入りのタコスを端から順にぱくり。大きく口を開けないと、具がぼろぼろこぼれる。

皮はまだパリパリだった。

「おいしい！」

唇の端にチーズの欠片をつけたおかあさんが笑う。

タコスミートがあっさりしていて、千切りレタスもぎゅうぎゅうに挟んであるので、山盛りのチーズもくどくない。

「リョウちゃんも、一人で二パック食べられちゃうようになったのねぇ」

父も、毎度二パックだった。でも、食べる速度はおかあさんやぼくと一緒。ばくり、ばくりとほとんど二口で飲み込むので、頑張って大口を開けているぼくたちはとても敵《かな》わなかった。

今となっては、ぼくもばくりばくりだ。

「珍しいね、コーラ買うなんて」

ファストフードにはコーラが合うし、ぼくもコーラだったが、おかあさんはいつもダイエット問題を気にして、ノンカロリーの飲み物だった。

「さすがにもう気にしないわよ」

気にする相手もこの世にいないし、ということかな——とぼくは行間を埋めた。父と出かけるとき、おかあさんはいつもきちんとお化粧をして、おしゃれをしていた。

コブつきだったが、まだまだ恋愛途上だったのだ。

ぼくとの三日間も、お化粧きちんとおしゃれもきちんと。代打とはいえ光栄だ。

タコスを食べ終え、空いたパックとペットボトルをレジ袋に片づけ、ぼくたちは車に戻った。コーラは、おかあさんは半分ほど残している。飲み慣れていないので炭酸に負けたらしい。

車を走らせ、また浜比嘉大橋を渡り、平安座島へ渡る。海沿いを低く走って、宮城島へ。

平安座島と宮城島は、昔は地続きだったんじゃないかというほど、ぴったりと寄り添っている。島と島の間は、短い橋でつなげてしまうほど。一枚の長せんべいが半分で割れてしまったみたいな島だ。

宮城島に渡ると、やがて上り坂。絵の具で塗ったみたいなターコイズブルーの海を置き去りに、山を上る。

到着したのは、塩の精製工場だ。沖縄定番の『ぬちまーす』を作っている。

そこの駐車場に車を駐めて、沖縄有数の海の絶景ポイントである果報《かふう》バンタを見学することができる。バンタは沖縄の言葉で崖、果報のような絶景が望める崖、ということだろう。

世知辛い今どきなのに駐車場の料金は取らない太っ腹。その分、工場の二階にあるレストランや土産物屋でお金を落としてしまうが。

駐車料金を取られると財布の紐が固くなるものだが、無料だと買い物に鷹揚《おうよう》になる。なかなか商売上手かもしれない。

果報バンタの周りには、いくつかの御嶽がある。もしかしたらこの工場は、御嶽を手入れして、果報バンタへの観光客を受け入れるために、わざわざここに作られたのかもしれない。地元への貢献度は、かなりのものだ。

ぼくが子供の頃には――そして、父が生きていた頃は、まだなかった施設だ。

素朴な石の階段を登り、順路に沿って歩くと、ほどなく目の前に迫ってくるような青い青い海――ターコイズブルーとコバルトブルーが陽光をまとって躍る。

手すりを打ってある崖の端まで行くと、眼下に浅瀬のエメラルドグリーンも加わる。珊瑚礁《リーフ》のシルエットが透けて見えて、まるで無茶な宝石箱のようだ。

ぼくもおかあさんも、しばらく無言になった。

父は、ぼくが十四のときに、ここで死んだ。

中学校二年生の、夏休みだった。

＊

その夏、一際大きい台風がやってきた。

「こりゃあ、でかいな」

父は、朝からわくわくしながらテレビのニュースを観た。地元の局は全部台風情報で、番組のキャスターが画面越しでも分かる風雨の中で、絶叫するようにレポートを伝えていた。

台風が来たらわくわくしてしまうのは、子供の性《さが》である。時としては、大人も。風と雨を激しく巻いた台風が躍り込んでくるのは、被害や危険を分かっているのに、不思議と昂揚《こうよう》を伴ってそわそわしてしまう。

食料を買い込んだり、雨戸を閉めたり、学校や会社が休みになったり――警戒態勢の非日常に酔ってしまうのかもしれない。ぼくらはあまり台風が直撃しない北海道に住んでいたから、純粋に台風が珍しかったというのもある。

沖縄へ初めて来た日、嵐の海に魅せられた父は、特に。

「波がすごいだろうなぁ」

テレビを観ながら言った父に、おかあさんが「だめよ」と恐い顔をした。

「ガイドも全部キャンセルになったくらいなんだから」

多少の雨でも、雨なりのガイドをしてしまうおかあさんだが、さすがに屋内の施設でも観光ができるような天気ではなかった。

だめよ、と言われて、普通ならそれで終わっていた。

こんな台風の日に、わざわざ波を見に行くなんて、正気の沙汰じゃない。家の中でじっとして、亀の子みたいに縮こまって、台風が過ぎるのを待つものだ。

特に、沖縄のように、台風が激しい地域では。

ところが、

「でも、嵐の果報バンタがほしいんだよ」

父はカメラマンだった。

しかも、自然写真家。

しかも、荒れた自然も相手にする。

悪天候の日に、わざわざ外へ出ていく必然性のある職業だったのだ。

「今日はだめ。次の機会にね」

おかあさんは沖縄人としてもガイドとしても、台風の規模をいつも正確に見極めていた。

家に籠《こ》もっていなくてはならない台風、少しくらいなら外出できる台風、拍子抜けの台風。

おかあさんがだめと言ったら、それは絶対にアウトなのだ。

ところが――

お昼ごはんにそうめんチャンプルーを食べて、しばらくすると家の中から父の気配が消えた。いつも、家にいるときはごそごそうるさい。

昼寝か、暗室作業でもしているのかと思ったら、

「リョウちゃん！」

おかあさんが、珍しくノックもせずにぼくの部屋に飛び込んできた。

「お父さんがどこ行ったか知ってる？　車がないの。携帯も繋がらなくて」

ぼくは、おかあさんに言われるまで、父が出かけたことにも気がつかなかった。

ぼくの声も、俄《にわか》に心許《こころもと》なくなっていた。

「コンビニ……とかじゃないの」

コンビニでは、動機が弱い。

「カメラバッグがないの。どこかスタジオに行くとか、聞いてない？」

それは、スタジオであってほしいという願いだ。

ぼくは無言で首を横に振った。

「お昼ごはんの後、雨が少し弱まったなって呟いてたのよ……」

不安の黒雲が、もくもくと心を覆い尽くしていく。

果報バンタ。

その地名を、ぼくもおかあさんも口に出せなかった。

口に出したら、行ったことが決まってしまいそうで。

弱まったといっても、雨は大雨レベルには強く、風は吹き荒れている。

「車の鍵、取り上げておけばよかった！」

おかあさんの悲痛な溜息に、ぼくは「大丈夫だよ」と言った。

自分でも全然大丈夫なんて、思えなかったけど。

父の気配が消えてから、一時間ほど経っていた。もう着いてしまう頃だ。

「お父さんは、荒れた天気にも慣れてるし」

「でも、沖縄の台風は、そんなに慣れてないでしょう？」

確かに、父が慣れているのは、北海道の冬の嵐だ。

「……迎えに行く？」

お隣に頼むか、レンタカー屋までタクシーを飛ばせば、車は借りられる。

おかあさんは、一瞬迷ったようだった。

だが、はっとしたようにぼくを見て、

「——駄目よ。うっかりしたら、二重遭難になっちゃう」

もしかすると——もしかすると、
ぼくがいなかったら、おかあさんは行ったのかもしれない。父と、二人だけの夫婦なら。

ぼくがいたから。

まさか、台風の果報バンタに向かうのに、ぼくは連れて行かないだろうし、家に父から電話が入るかもしれない。

迎えに行くなら、ぼくはきっと留守番だ。

おかあさんの脳裡《のうり》には、きっとこの時点で最悪が巡っていた。

もし、父が死んで、おかあさんも、となったら——

ぼくは、一人になってしまう。

もちろん、北海道に頼れる親戚はいるけど、両親を失ってしまう。

「……じゃあ、捜索願い……」

それも、難しいところだった。まだ昼間で、家を出てから一時間。行き先は、見当はつくものの、不明。

捜索願いをすぐ出していいものかどうか。

父はそれなりに名前の通ったカメラマンなので、きっと遭難はニュース沙汰になるだろう。無謀なカメラマンが台風で遭難したと叩かれることは避けられない。

「……電話、かけてみるわ」

おかあさんは、家の電話と自分の携帯から、父の携帯に電話をかけた。

どちらも不通。

「……一時間だけ」

おかあさんの表情は、苦悶に近かった。

「一時間だけ、待ってみよう。電話かけながら」

おかあさんは携帯と家の電話から、交互に電話をかけた。あまり立て続けに鳴らすと、却《かえ》って折り返しが繋がらなくなることがある。

時計を見ながら、約一分ごとに。

そして、おかあさんは、四十五分でギブアップした。

「捜索願い、出そう」

捜索願いの出し方なんか分からないから、取り敢えず一一〇番。

「主人が家を出て、二時間帰ってこなくて……もしかすると海で事故に遭ったんじゃないかって。多分、果報バンタじゃないかと……いいえ、言い残したわけではないんですが」

漁船が心配で港へ、とか、畑が心配で用水路に、ではなくて、台風の日にわざわざ果報バンタ。おかあさんは、なぜ果報バンタだと思うのか、説明に苦労していた。

でも、通報を受けてから、警察はすぐに動いてくれた。

そして、果報バンタの空き地に、うちの車が駐まっているのが発見された。

しかし、車の中に父はいなかった。

周辺にも、いなかった。

台風の果報バンタには、人影ひとつ、見当たらなかったという。

本格的に、捜索隊が出た。


父が見つかったのは、翌朝だった。

足を滑らせて、落ちたらしい。

遺体は、きれいだった。

身元確認するときも、まるで眠っているようで、なかなか信じられなかった。

岩で後頭部を打ったらしい。ぱっくり割れていたという。

恐らく、即死で波にさらわれた。

間違いありません、と吐息のようにおかあさんが呟いた。そして、一瞬息を詰め、うわーっと、声を上げて、泣いた。

まるで火が点いたように、泣きじゃくった。

泣きじゃくった。

そっくりだ、と思った。

残波岬で、エスパーに殴られて泣いた父と、そっくりだった。

身も世もない、子供のような泣き声。

夫婦は、どれくらい一緒に暮らしたら、似てくるのだろう。

結婚してから、まだ四年目。

夫婦が似るには、まだ時間が足りないような気がしたが、最初からどこか似ている、響き合う部分があったのか。

立ち会った検死官と警察官は、沈痛な顔をして俯いていた。きっと、何度もこんな場面を見ているのだろう。

そして、何度見ても、慣れるものではないのだろう。

父に取りすがっていたおかあさんの泣き声は、そのうち、搾《しぼ》り尽くすような嗚咽《おえつ》に変わった。

横から飛び出してきて、止めてくれるエスパーはいない。

葬儀屋が、遺体を引き取りに来た。

促されたが、おかあさんは父にすがりついたまま、嫌々をするように、頭を振った。周りが言葉を尽くしても、なかなか離れない。

ぼくは、おかあさんのブラウスの裾を引いた。

「おかあさん」

おかあさんが、びっくりしたように、顔を上げた。

そういえば、ぼくがいるのを忘れていた。

そんなふうだった。

嗚咽も、飲み込んだように止まった。

「行こう」

おかあさんの目から、静かに涙が流れた。

その潮の引き方も、そっくりだった。

安置室を出て、遺体の納棺《のうかん》を待つ控え室に向かう間、付き添ってくれた警察官が、ぼくの頭をぽんと叩いた。

「えらかったな、ぼく」

そう声をかけられて、ぼくの喉からは、泣きじゃくる声が飛び出した。飛び出してから、ぼくはまだ泣いていなかったことに気がついた。

おかあさんが泣いたことにびっくりして、

おかあさんの泣き方が父とそっくりだったことにびっくりして、自分が泣くのを忘れていた。

警察官は、三十前後だったように思う。

ぼくの頭をぽんってするな、と、せっかく慰めてくれたのに、怒鳴りつけたかった。

ぼくの頭をぽんっとする父の手が永遠に失われてしまったことを、突きつけられたような気がした。

ぼくは、泣いて、泣いて、泣いて、泣きじゃくった。

どうやって控え室に入ったか、覚えていない。

いつからおかあさんが抱き締めてくれていたのかも。

やがて、疲れ果てて、泣き声は搾り尽くすような嗚咽に変わった。

父にも、おかあさんにも、そっくりだった。——後から振り返って、そう思った。

たった四年。

それなのに、ぼくたちは、もう家族だった。

泣き方が似るほど、家族だった。

たった四年でぼくたちを家族にした父は、身勝手にも退場してしまった。

嵐の果報バンタが撮りたい、という子供のような欲求を我慢できずに。

どうしてくれるんだ、と心の中で父を詰《なじ》った。

詰って、詰って、詰りまくった。

たった四年でぼくたちを家族にして、さっさといなくなってしまうなんて。

それも、ばかみたいな理由で。

残されたぼくたちを、どうしてくれるんだ。

あんたを大好きなおかあさんを、どうやってぼくが一人で支えるんだ。

詰りながら、頭の片隅で、いつかのエスパーを思い出した。

そして、感謝した。

母に禁じられた決定的な言葉を食い止めてくれたことに。

禁じられた言葉を怒鳴っていたら、後悔に身がよじれていた。

あのエスパーは、きっとぼくらを救いに現れたのだ。

そう思った。


お通夜は自宅で、葬儀は葬祭場で。父は仕事の付き合いが多かったから、本当ならお通夜も葬祭場でやったほうがいい、と葬儀屋に勧められた。

でも、おかあさんは、頑なに自宅のお通夜に拘った。

お通夜までは、家で過ごさせてあげたいんです。

お葬式が終わったら、家に帰ってくるときは、お骨だ。

ぼくたちは、居間に父の棺《ひつぎ》を安置して、父の棺に入れるものをいろいろ考えた。

カメラは持たせてあげたいけど、燃え残ってしまうから、使い捨てカメラをいくつか入れた。

父は「こんなもんで撮れってか」と文句を言いそうだが、弘法《こうぼう》筆を選ばずだ。

それから、父が撮った写真。父が焼き増ししてあった分から、厳選した。

おかあさんと初めて会ったときの残波の写真や、晴れた万座毛に果報バンタ、賞を取った何枚かの写真。

そして、もちろん家族写真。三脚を立てて、セルフタイマーで撮った全員爆笑寸前の。

あと、父が気に入っていた服や小物。お気に入りだったお菓子。好きだった本。

そして最後に「そうそう、これこれ」とおかあさんが暗室から持ってきたのは、――シーサーの紅型を染め抜いた手提げ袋だった。

初めてのゴールデンウィーク、忙しいおかあさんが一日だけ都合して家族で玉仙洞へ行った。

どうやってもキモくなってしまったシーサーでむきになり、子供な父が紅型体験でリベンジした。

おかあさんには鳥と花の手提げを染めて、ぼくには魚の手提げ。ぼくとおかあさんで、お返しにシーサーの手提げを作ってあげた。

ずっとカメラバッグの中で、小分け袋に使っていた。

家族お揃いで。

ぼくはさすがに中学生ともなると、きれいな紅型の手提げは恥ずかしくてそんなに使わなくなっていたが、おかあさんはずっと買い物バッグに使っていた。

「家族のお揃い、持たせてあげなくちゃ」

用意したお供えを、シーサーの手提げにまとめて、父の枕元にそっと置いた。

父の好きだったお花も、棺の周りにたくさん。

葬祭用の立派なアレンジメントのほかにも、おかあさんとぼくは近所で野花を摘み集めた。父がおかあさんに食い下がって訊いたというシロバナセンダングサ。ギンネム。その他にも目についたささやかな野花をたくさん。オジギソウが見つからなかったのは、残念だけど。

おかあさんは翌日、弔問客《ちょうもん》の応対に明け暮れた。

弔問客が途絶えた夜中に、ぼくがトイレに起きると、おかあさんはまだ棺のそばに寄り添っていた。

棺の蓋は外していて、父の頬をなでていた。

ぼくは、声をかけられずにその様子を見つめた。

やがて、おかあさんが棺に向かって腰を浮かせた。そして、棺の縁に手をかけて、眠った父に身を乗り出す。

その先は見ずに、ぼくは足音を殺して部屋に戻った。

二人の最後のキスに、野次馬が居合わせるわけにはいかない。

ぼくは、膀胱《ぼうこう》が破裂するまで我慢して、窓から外におしっこをした。

翌日も、おかあさんは気丈に喪主を務めた。

おかあさんが泣かないから、ぼくも泣かなかった。

そうでなくても、ぼくは家族を失った経験がもうある。

年の順の両親以外、まだ自分の家族を亡くした事がなかったおかあさんがこらえているのに、ぼくが泣くわけにはいかなかった。

金ちゃんも、来てくれた。

「……よう」

そう声をかけ、しばらく黙り、やがて「足、痺《しび》れちゃったな」と言った。

へへっと、二人で笑った。

「おっちゃん、きれいな顔だったな」

ぼくに向かって、大丈夫かとか、元気出せとか、一言も言わなかった。

二言、自分の感想のみ。

とても金ちゃんらしかった。
他の友達は、大丈夫かとか、元気出せばかりだった。
クラスの女子が何人かで来て、ぼくの代わりに泣いてくれた。――お節介なことだ。
「サカモトくん、かわいそう」
そう言われたときは、思わず手が出そうになった。
手のひらにぎゅっと爪を握り込んでこらえた。
出棺し、火葬場に着き、おかあさんの顔は蒼白になっていた。
棺が炉《ろ》に入れられる瞬間が、一番白かった。
ぼくは、おかあさんの手をぎゅっと握った。
おかあさんが、倒れるのじゃないかと思ったのだ。
おかあさんは、強く、強く握り返してきた。
ぼくが支えているのか、おかあさんが支えているのか、分からない。
ぼくたちは、お互いがつっかえ棒になるように、炉の扉が閉まるのを見送った。

父は、おかあさんが胸の前で抱えられるほどの骨壺《こつつぼ》に入って戻ってきた。
人間が、こんなサイズの壺に収まってしまうなんて、到底信じられなかった。――
もっとも、お骨を全部収めるために、焼き場の職員が途中でお骨を突き崩したが。

おかあさんは、自分が痛いような顔をして、見ていた。
玄関を上がって、居間に。
いつもの座卓の上に、父の席に骨壺を置く。
ぼくとおかあさんも、それぞれ自分の席に座った。
「……リョウちゃん」
おかあさんが、呟くようにぼくの名前を呼んだ。
「おかあさん、少し、泣いてもいい？」
ぼくがいいよと言ってあげないと、おかあさんは泣けないのだと分かった。
「いいよ」
急いで言うのと、おかあさんの目から涙がこぼれるのと、どっちが先だったか。
おかあさんの涙は、はらはらはらはら流れ続けた。
その涙のすべてに後悔が載っていた。
自分を責めて、責めて、責め続けているのが分かった。
どうして、車の鍵を取り上げておかなかったんだろう。
どうして、すぐに捜索願いを出さなかったんだろう。
四十五分待たなかったら、間に合ったかもしれないのに。
どうして。どうして。どうして。

お願いだから、口に出してよ。

口に出してくれたら、それは違うよと言ってあげられるのに。

おかあさんが気づくよりもっと前に出ていったかもしれない。

すぐに通報しても、警察はお父さんを見つけられなかったかもしれない。

海でも山でも、危ないって言っても、すぐあちこち分け入っていくお父さんだったじゃないか。

いいアングルを探して、雨風の中を動き回ったに違いない。

きっと、警察がすぐに捜してくれても、間に合わなかった。

間に合わなかったんだ。

――おかあさんは、泣きやむまで、泣きやんでからも、自分を責める言葉を一度も口に出してはくれなかった。

慰めを聞かないことで、自分を罰しているに違いなかった。

おとうさん、とやがて呟いた。

続けて、だいすき、と呟いた。

やがて迎えた夏休み中の登校日で、ぼくは完全に腫れ物だった。

中学校でも同じクラスになっていた金ちゃんが、黙ってぼくのそばにいて、同級生は遠巻きにするようにぼくの席に近づかなかった。

担任の先生は、男の先生だが、敢えて父のことには触れなかった。

帰りのHRが終わってから、ぼくの席に来て、

「大変だったな」

一言だけ、そう言った。ぼくは、無言で頷いた。

大変だったことは、事実なので。

騒ぎが起こったのは、先生が教室を出て行ってからだ。

帰ろうとしていたぼくと金ちゃんのところに、女子が三人連れ立って来た。

「サカモトくん」

声をかけてきたのは、父の葬儀でぼくの代わりに泣いてくれた女子たちだった。

「大変だったね」

先生が声をかけるのを見て、ぼくにどういう同情の声をかけたらいいのか分かったのだろう。

わずかに、賢しさが混じった声だった。

それだけで、導火線はもう一ミリしか残っていなかった。

「かわいそう」

燃え尽きた。

ぼくは、物も言わずに女子を突き飛ばした。

きゃあっと悲鳴が上がって、突き飛ばした女子が大きく後ろによろめいた。

「ちょっと、何すんのよ！」

友達が両側から彼女を支える。

「せっかく同情してやってんのに！」

殴る。全員殴る。そう決めた。

ぼくが決意を籠めて握った拳を大きく引いたとき、
ばさっとスカートが翻《ひるがえ》った。

真ん中一枚、続けて左右。

きゃあっと悲鳴を上げた女子が、翻ったスカートを押さえた。

「何すんのよ！」

黄色い悲鳴に、金ちゃんはベロベロっと舌を出した。

「バーカ、バーカ、バーカ！」

女子が怒り、泣き出し、周りは阿鼻叫喚《あびきょうかん》。

一度職員室に帰った先生が、生徒に呼ばれて戻ってきた。

「一体何だ！」

説明など、できるものではない。

だが、女子は流暢に説明した。

「酷いんです！」

「わたしたち、サカモトくんに同情してあげたのに、突き飛ばされたんです！」

「金城くんは、スカートめくって」

キャンキャンキャンキャン、まるで躾《しつけ》のなってない小型犬のようだ。

うるさい。うるさい。うるさい。

「とにかく、職員室に来い」

ぼくたちは、全員職員室に連行された。

そして先生は、生徒指導室で男子と女子に順番に話を聞いた。ぼくたちの話を聞くときは、女子を部屋から出し、女子の話を聞くときは、ぼくたちを部屋から出した。

そして、最後に全員を指導室に入れた。

「とにかく、暴力は悪い」

「暴力じゃありませんー、スカートめくりですー」

金ちゃんが鼻をほじったが、先生は「人の嫌がることは、全部暴力だ」と一蹴《いっしゅう》した。

「二人とも、謝れ」

「嫌です！」

ぼくは怒鳴った。

「勝手な同情を押しつけられて、何で怒っちゃいけないんですか！」

「女子は、厚意だったんだ」

「そんな厚意、いるかよ！」

勝手な厚意を押しつけて、自分が期待したように受け入れられなかったからキャンキャン吠えて、どこのヤクザだ。どこの当たり屋だ。

「いいから、謝れ！」

先生は、ぼくたちの頭を押さえつけ、むりやり女子に頭を下げさせた。

女子たちが勝ち誇ったような顔になる。

すると、先生は女子に向かって言った。

「お前たちも、謝れ」

何で!?　と女子たちは大ブーイングだ。

「お前たちのも、暴力だ」

「でも、わたしたちはサカモトくんに同情して……！」

「厚意だったのに！」

「同情がほしくないときもある。相手が嫌がる厚意だったら、それも暴力だ」

武闘派な先生だった。言葉を丸めることなく、どっちも同じ暴力だと水平に、一律に片づけた。

女子たちは渋々ごめんなさいと謝った。自分が悪いなんて一欠片も思ってないのは丸分かりだったが、とにかく、嫌々ながらも、謝った。

「金城と、女子は帰れ」

また、女子たちが勝ち誇った顔になる。ぼくだけ残されて、説教されると思ったのだろう。

金ちゃんが、歯を剝《む》き出して威嚇《いかく》する。女子たちはスカートを警戒しながら逃げた。

全員が指導室を出てから、先生が言った。

「いい友達を持ったな」

涙が、ぼろっとこぼれた。

「帰っていい」

ぼくは首を横に振った。まだ、外には女子がいるだろう。泣いているところを見られるなんて、まっぴらだ。

「じゃあ、好きなときに帰れ」

先生は、指導室を出て行った。

しばらくして、金ちゃんがこっそり入ってきた。ぼくは、ようやく涙を飲み込んだところだった。

「サカモっちゃん」

まだ、ぼくの目は赤かったと思う。

「ヨシゾウが、もう終わったっつーからさ」

ヨシゾウというのが、担任の渾名《あだな》だった。苗字は吉岡《よしおか》で、名前がトシゾウ。縮めてヨシゾウだ。

「……金ちゃん」

ぼくは呟いた。

金ちゃんは、「おう、何だ」と答えた。

「女子たち、帰った？」

「もうとっくだ」

その返事に、ほっとする。もう限界だった。

「俺、ちょっと、泣いてもいい？」

おかあさんがぼくに頼んだのと同じことを、頼んだ。

ぼくは、家で泣くわけにはいかない。

父が死んだことで、自分を責め抜いているおかあさんの前で、ぼくが駄目押しするように泣くわけにはいかないのだ。

「おう、泣けや」

投げ出すような金ちゃんの返事と、ぼくの嗚咽と、どっちが早かったか。

返事は聞いてからだったと信じたい。

ぼくが声を上げて泣いている間、金ちゃんは椅子にそっくり返っていた。何も訊かず、何も急《せ》かさず、黙ってそっくり返っていた。

「……ごめん。帰ろうぜ」

「おう」

帰り道も、ぼくたちは一言も喋らなかった。

別れ際に、金ちゃんが「またマガジン出たら行くわ」と言った。ジャンプ読みに行くわ、じゃないところが、金ちゃんなりの気遣いだった。


「お母さんの五回忌、行かなきゃね」

夏休みが後半に差しかかって、おかあさんがそう言った。

毎年、父と帰っていた。

「いいよ、一人で帰れるよ」

ほとんど反射のように答えていた。

ぼくは、おかあさんも母も好きだけど、父を亡くしたばかりのおかあさんに、母のお墓参りをさせるのは、あまりにも酷だと思った。

「ううん。おかあさん、行きたいの。おばあちゃんにお願いしたいこともあるし」

おかあさんは祖母と電話で挨拶くらいはしたことがあるが、直接会ったことはない。

「お願いしたいことって？」

「お父さんのお骨、分骨してお母さんのお墓に納めさせてほしいなって」

「え、でも……」

ぼくは、おかあさんがどういうつもりでそれを言っているのか分からなかった。

無い知恵を巡らせて、ようやくひとつの推測にたどり着く。

「それなら、全部納めちゃったほうが、よくない？」

おかあさんは、おばさんだけど、まだまだ若い。

父の供養を、これからずっと背負っていくのは、子供心に苦労なことと思われた。

そして、おかあさんがその苦労から逃れたいと思うのは、当然のことだと思った。

だが、おかあさんは、「何で⁉」と目を剝いて怒った。

「全部は、あげないよ！　半分だけよ！」

そして、ぼくをちょっと上目遣いで窺った。

「でも、喉仏《のどぼとけ》のお骨は、おかあさんがもらってもいい？　他のお骨は、あげるから」

骨を拾うとき、職員が特別に説明していた骨のことだ。喉仏のほかにも、いくつかあった。

「あと、頭のお骨も」

ぼくは頷いた。

頭の骨を半分にするのは、父にも悪い気がしたし、父の葬式を出したおかあさんの正当な権利のような気がした。

おかあさんが、父の供養を背負いたいと思っているのなら、だが。

「でも、何で？」

出会ってたった四年でいなくなってしまった人を弔い続けるのは、ぼくにはやはり重荷なことのように思われた。

だが、おかあさんは、どうして母のお墓に分骨するか訊かれたのだと思ったらしい。

「だって、お母さんも、お父さんのこと好きだったんだから。お父さんのこと待ってたと思うし、お骨が一緒になれなかったら、きっと寂しいわ」

その発想は、なかった。

ぼくは、生きている自分と、生きているおかあさんの今しか、考えられなかった。

死者に思いを馳《は》せるのは、先祖をとても大事にする沖縄の風土のためかもしれない。

「それに、お墓参りして、お母さんと相談したいこともあるしね」

「相談って、何の？」

ぼくが尋ねると、「お墓参りが無事に終わったら、教えてあげる」とかわされた。

そして、おかあさんは札幌の祖母に何度か電話をし、事情を話した。

祖母は、再婚して死んだ男の骨を何で今さら娘の墓に、と最初は渋っていたらしいが、おかあさんの説得で、最後は折れた。

そして、ぼくとおかあさんは、母の五回忌に出席した。

おかあさんは駅前にホテルを取り、ぼくは祖母の家へ泊まることになった。

おかあさんは、まず母の位牌も納めた先祖の仏壇に手を合わせ、祖母に丁寧に挨拶をし、分骨を聞き入れてくれた礼を述べ「明日はよろしくお願いします」と深々頭を下げた。

「おばあちゃんやお友達と、ゆっくりね」

そう言い残して、ホテルへ帰った。

おかあさんと一緒にいてあげたかったが、そうすると祖母のご機嫌が悪くなる。

祖母は父の葬儀には参列してくれなかったが、香典とぼくの見舞いを送ってくれたし、折々に連絡が来て、祖母なりにぼくを大事にしてくれていた。将来、進学や何かで困ったらいつでも相談するようにと言われていた。

ピーちゃんはいなくなっていた。寿命だったという。母の写真の隣に、ピーちゃんの写真が増えていた。逆の隣は、せめてもの家族写真。父の笑顔がちょっと硬いから、撮ったのは祖母だったかもしれない。歯に衣着せぬ厳しい祖母を父は昔から恐がっていた。

「あんたのお父さんは、おっちょこちょいだったけど、早すぎたね」

それが、祖母なりの悔やみだった。おっちょこちょいという言葉を選んだことに、辛うじて父を悼む気持ちが含まれていた。

生前は、もっとこてんぱんに言っていた。

「あの人も、若いのに供養を背負って、大変だねぇ」

初顔合わせのおかあさんは、祖母に悪い第一印象は与えなかったらしい。

「何なら、お骨はうちで全部引き取ってもいいよ」

若い身空で、死んだ亭主の墓を持ち、守っていくことの苦労を思ったのだろう。

全部はあげないよ、というおかあさんの言葉をどう穏当に伝えようか悩んで、ぼくは言った。

「おかあさん、お父さんのこと大好きだったんだ。だから」

最後の晩に、居間で見たおかあさんの姿は忘れられない。

棺に手をかけ、腰を浮かせて、身を乗り出した。

その仕草のすべてが、母親ではなく、女の人だった。

「律子《りつこ》だって、あの男のことが最後まで大好きだったけどね」

祖母が、少し険のある溜息をついた。

まだ十四歳だったぼくに、それをこぼさずにいられない。それが祖母の性格だったのだ。

少し気詰まりで、早々に友達の家へ遊びに行った。

幼なじみの友達と、その母親の悔やみは、身内の鬱屈がない分単純で、ほっとした。

三回忌のときは、帰ると父が外で待っていた。

遅いじゃないか。

豪快で人懐こいように見えて恐がりだった父が、唇を尖らせてぼくを責めた顔は、まだ鮮明だ。

四回忌のときも、時間をはっきりしてくれとせがみ、やっぱり外で待っていた。

翌日のお墓参りは、よく晴れた。

沖縄の乱暴なほど眩しい夏空と違って、もうすっきりと高い。

菩提寺《ぼだいじ》のお坊さんが、お経を上げてから、父のお骨をお墓に納めてくれた。

おかあさんは、親戚全員に丁寧に挨拶して、死んだ父の株を大いに上げた。

あんないい人に出会っちゃったんなら、仕方がないよ。律子を亡くして寂しかっただろうし。

そういう意見が大勢を占めた。

おかあさんは、一番最後にお参りをして、長く手を合わせていた。

リョウちゃんは、もっとゆっくりしておいで。おかあさんはそう言ってくれたが、一人で先に沖縄へ帰したくなかったので、ぼくも法事を終えて一緒に帰った。

帰りの汽車は、ぼくが窓際。そこが、父とは大きく違う。

黙って汽車に揺られていたおかあさんに、ぼくは尋ねた。

「お母さんのお墓で相談したことって、何だったの」

おかあさんの返事は、一拍遅れた。「ああ、」と思い出したように笑う。

「覚えてたの」

お墓参りが無事に終わったら、教えてあげる。

「――そう言っただろ」

「相談っていうより、取り決めかな」

「取り決め？」

うん、とおかあさんは頷いた。

「わたしと出会う前は律子さんのカツさん。わたしと出会ってからは、わたしのカツさんってことにしましょうねって、魂を分けたの」

魂を分ける、という考え方は、斬新だった。

「決めておかないと、あの世で取り合いになっちゃうでしょ」

祖先の霊を独自の信仰で大切にする沖縄だ。おかあさんは、分骨を言い出したときには、もうそのことを考えていたに違いない。

「リョウちゃんは、お墓参りが増えて大変かもしれないけど」

「全然。田舎が二つあるって、得だよね」

むしろ、おかあさんが母に対して、そういう提案をしてくれたことが嬉しかった。

ぼくが小学生の頃、父の再婚をなかなか飲み込むことができなかったのは、漠然と死んだ母のことを考えていたからかもしれない。

もし、あの世で死者と再会できるとしたら、父との再会を楽しみにしているはずの母の立場は一体どうなってしまうのか、と漠然と不安と不満を感じていたのだろう。

でも、魂が分けられるという考え方は、斬新だけど、素敵だ。

ぼくの好きな人が誰も傷つかない。おかあさんも、父も、母も。

「じゃあ、ぼくが四年生までのお父さんは、お母さんのところに帰ったんだね」

「そうよ」

「そのあとのお父さんは？」

「ニライカナイかどっかで、おかあさんのこと待ってるんじゃないかな」

「ニライカナイ？」

「沖縄の海の向こうにある、神様の国よ」

そして母が、くすっと笑った。

「ばあさんや、まだかいのって呼びにくるかもしれないわ」

「何、それ」

「昔、日本むかしばなしのアニメがあったのよ」

おかあさんはかいつまんで説明してくれた。

むかーしむかし、仲のいい老夫婦が峠で茶屋をやっていた。ある日、おばあさんが亡くなった。すると、押し入れからおばあさんの声が毎夜するようになった。「じいさんや、まだかいの」と。おじいさんは、恐くて恐くてたまらない。そのうち、恐怖で死んでしまった。すると、閻魔《えんま》様が「まだ寿命が残っておる」とおじいさんを生き返らせてくれた。

おじいさんはそれから数年生きて、今度はきちんと寿命で死んだ。あの世へと旅をしていると、峠に茶屋があって、おばあさんが待っていた。そうして二人は、仲良くあの世で茶屋を営んだ。

「だめだよ」

ぼくは、慌てて言った。

「先に死んじゃったのは、お父さんのおっちょこちょいなんだから。おかあさんは、まだ若いんだから、ちゃんと長生きしないと」

父は待ってろ。ステイ。ハウス。

「呼びに来てくれても、いいんだけどな」

呼びに来られたら、おかあさんは行ってしまうだろう。ますますステイだ。

「だめだよ。ぼくが困るよ……」

脅すようで嫌だったが、自分を重石《おもし》にしてみた。

するとおかあさんは、「分かってる」と頷いた。

「お父さんには、リョウちゃんが一人前になってからにしてねって言ってあるの」

夢枕には、立ってたか！　我慢が利かない寂しがり屋の父らしい。

「いつかニライカナイで会いましょうって」

いつか、ニライカナイで。

おとなしく、待ってろよ。

いつか、ぼくも行ってやるから。

いただろう。

＊

海からの風が髪をなぶる。

眼下に広がる、無茶な宝石箱のような海を、一体どれだけの間ふたり無言で眺めて
いただろう。

ぼくは、父が死んでから、一度もここに来たことはない。

ここで、ここのどこかで死んだと思うと、子供でおっちょこちょいで困った父が、
思い出の中から立ち上がりすぎるのだ。

豪快で人懐こいように見えて、恐がりの寂しがり屋。自分のやりたいこととなると
やたらパワフルで、周りの迷惑を顧みず突き進み、むきになったら後には退《ひ》かず……
あれれ、困ったな。いいところがあまり出てこないぞ。

まあ、でも。

父は、最強のチャームポイントを持っている。――「憎めない」。

憎めない、かわいい困り者だったのだ。

「久しぶりだなぁ……」

海を見ながら思わず漏れた呟きに、おかあさんが反応した。

「リョウちゃんは、そうね」

はっとした。——おかあさんは、久しぶりであるわけがない。

ガイドが、この絶景ポイントを外してお客さんを案内できるわけがない。

一体、あれから何度来たのだろう。

無茶な宝石箱のような海に感激し、無邪気に喜ぶお客の前で、一体どれだけ笑っただろう。

ぼくみたいに、辛い思い出の場所から逃げるわけにはいかなかったのだ。

「大人になったリョウちゃんと一緒に来られて、よかった」

おかあさんの声は、ただただ、幸せそうで。

——ああ、よかった、ぼくは間に合ったのだ。

そう思った。

「また来ようや。これからは、もっと帰ってくるからさ」

「ありがとう」

やっぱりおかあさんの声は、幸せそうで。

照れくさくて、おかあさんから顔を逸らす右手のほうへ視線を投げると、沖に——

白い竜が何匹ものたくっていた。

きっと、珊瑚の環礁があるのだろう。かなりの沖合なのに、白波の帯が立っている。

その白波の帯はゆるやかにうねり、のたくり、何本もおおらかに絡み合い――正に、白い竜が水の中で戯れているような。

「まるで竜だね」

ぼくがそう呟くと、おかあさんが、息を飲む気配がした。

振り向くと、おかあさんは、目をまん丸にしてぼくを見つめていた。

「……何だよ」

すると、おかあさんは、輝くような笑顔で答えた。

「――やっぱり、親子ねえ」

深く深く、幸せを噛みしめる声。

「お父さんを初めて連れてきたときも、そう言ったのよ」

まだ、一人で沖縄に通い詰めていた頃だ。

まるで竜ですね！

父は弾んだ声でそう言ったという。

「おかあさん、リーフの波を竜なんて思ったことがなかったから、びっくりして……ただの波だと思ってたのに、竜なんて。すごいでしょう？」

すごい、とは言われましても。

ぼくも素直にそう思ったクチなのでそれは頷けない。自然な発想でございましょ？

「沖縄って、どこの海も沖のほうまで、こんなふうに白波が立つんですよって言ったら……」

すごい！

父のテンションは突然上がったという。

じゃあ、沖縄は、竜に守られた島なんですね！

「……竜の守る島なんて」

沖の竜の群れを眺めるおかあさんの目頭に、水が溜まった。

――なんてきれいな水だろう。

この世で一番清らかで、美しい、尊い水だ。

「沖縄のこと、なんて素敵に言ってくれる人なんだろうって……もっともっと、お父さんのこと、好きになった」

ここに住みたいなぁ……

父は、そのとき初めて、そう呟いたのだそうだ。

「来てくれたらいいのにって思った。もうこの島に住んでくれて、もっとたくさん、しょっちゅう、この人に会えたら、どんなに幸せかしらって」

「結婚までしたじゃないか」

「そう！　だから、おかあさんは、とっても幸せ！」

あんまり大きい声だったから、周りの人がこちらを振り向いた。おかあさんは頓着しないが、ぼくは少し頓着した。

でも、水を差すこともないかと、しーっとは言わなかった。

結婚生活は、出会った頃から数えても四年。

あれ、ちょっと待て。

たった四年で、一人の女の人を一生幸せにするなんて、もしかして親父は相当いい男だったんじゃないか？

俺、男として負けてないか？　——という疑惑は、慌てて打ち消した。

いくら何でも、そればかりは認めてたまるものか。あれがいい男のスタンダードになったら、世界中の男も女も大迷惑だ。

「——もし、航空写真で沖縄を見たらさ」

ぼくは、おかあさんの目頭の水には触れず、そう呟いた。

「きっと、こんな竜みたいな波が、島をぐるりと取り囲んで、竜に囲まれてるみたいに見えるんだろうね」

きっと、父が言ったように、竜の守る島に見えるだろう。

崖を後にして、周辺にいくつかある御嶽を回る。看板や標示がなければ見落としてしまうほど何気ないのが、沖縄の聖地や拝所の特徴だ。

中に、『龍神風道』と呼ばれる御嶽がある。

海からの風が真っ直ぐ吹きつけてくるポイントだ。

「お父さんがね、惜しいなぁ、惜しいなぁって」

「何が？」

「名前が惜しいって。『龍』じゃなくて『竜』ならいいのにって」

ははは！　と思わず声が出た。

「そりゃあ、単なるワガママだ」

「でも、気持ちは分かるじゃない」

「そりゃそうだけどさ」

いくら何でも、個人的思い入れで御嶽の名前に駄々を捏ねるのは、行き過ぎだ。

帰りに工場のレストランで塩ソフトを食べて、車に戻る。

乗り込むと、おかあさんがじっと座ったままシートベルトをしない。

「どしたん？」

「……リョウちゃんに、見せたいものがあって」

おかあさんは、運転席から手を伸ばして、ダッシュボードを開けた。

中から、大判の分厚い茶封筒を引っ張り出す。

「見てくれる？　全部」

予想はついたが、全部四つ切りの写真だ。

沖縄の海の写真ばかり。父の撮ったものだということは、すぐ分かった。

「お父さんがね、いつか写真集を出したいって言ってた話、したでしょう？　それ、そのために選んであった写真なの」

「……そっか」

いい写真だった。

そそけ立つほど神秘的な美しい海から、荒ぶる猛々《たけだけ》しい海まで、鮮やかに切り取っている。

沖縄でいろんな景色を撮っていたが、写真集としては、海に射程を定めたのだろう。

コバルトブルー。

ターコイズブルー。

エメラルドグリーン。

沖の藍色。

陰影をつけるリーフ。

一転して、
暗く沈んで灰色に泡立つ海。

伸び上がる大鯨に化けもの鯨。

そしてまた一転、
青。青。青。

あらゆる階調の、青。

「タイトルは、『竜の守る島』にしたいって言ってた」

「いいタイトルじゃないか」

沖縄の文言を率直に入れるよりも摑みがある。『竜の守る島』って何だ？　という疑問がフックになって、人の興味を引くだろう。

「最後のが、お父さんの考えてた、前書き」

ちょうど、ぼくも写真をすべて見終わったところだった。

同じ四つ切りのサイズに切ったメモ。

万年筆で残されていた筆跡は、久しぶりに——久しぶりに、久しぶりに見る、父の字だった。


竜馬へ。——父より。


まるで、ぶん殴られたような衝撃だった。

坂本竜馬《さかもとりようま》。——ぼくの名前だ。

司馬遼太郎《しばりようたろう》のファンで、『竜馬がゆく』が一番好きだった父が、自分の苗字が坂本だからと後先考えずに付けて、ぼく自身としてはたいへん苦労が多かった。

母も止めてくれたらよかったものを、と恨んだものだ（父を止めても聞かないことは自明の理だったので）。

小学校に入学したときも笑われたし、沖縄に転校したときも笑われた。

金ちゃんには一番からかわれた。

中学、高校、大学、就職、人生のどの場面でもいじられないことはなかった。

大学の頃、同じ学年に「柿本人麻呂《かきもとひとまろ》」というのがいて、直接の面識はなかったが、さぞや苦労したことだろうなと勝手に共感を抱いたものだ。

「リョウちゃんの名前、大好きだったみたい。俺はいい名前を付けたって」

「……迷惑極まりなかったけどな」

声が平坦になったのは、――揺らしてしまえば決壊するからだ。

「自分の名前はあんまり好きじゃなかったんですって」

父の名前は、坂本克己《かつみ》。

「ご両親じゃなくて、どなたか親戚の方が付けたらしいんだけど」

どんな親戚が付けたのか、父は自分の親類縁者をぼくに繋がず逝ったので、知る由もない。

「名前負けだ、荷が勝ちすぎるって。俺は心が弱いんだからって」

自覚はあったのか、とそちらのほうが驚きだ。

己に克つ。克己心を持つ、ということは、恐がりで寂しがり屋で、自分の気持ちに忠実すぎる父には、さぞや厳しい教えだったろう。

「だから、俺は誰かに見ててもらわないと駄目なんだって言ってたわ」

厳しく叱ってくれる母に。

笑いながら、でもしっかり「だめよ」と諭してくれるおかあさんに。

「竜馬ってね、自分がこの名前だったらいいのになぁってずっと思ってたんだって。大好きなカッコイイ坂本竜馬と一緒の名前だったら、竜馬に恥じないように、もっと頑張れたかもって」

「かも、かよ」

「そこがお父さんよ」

「しかも、自分がなりたかった名前って何だよ。俺のことを考えた名付けじゃないってのが笑う。子供か」

おかあさんが、ふふっと笑った。

「でも、自分が一番欲しかったものを、リョウちゃんにくれたのよ。子供としては、最大の愛情表現じゃない？」

もう、限界だった。

ああああ――――――――――――――――ああああああああ！

こんなに泣き喚いたのは、人生で初だった。

ぼくはこんなに大きな声が出せたのかと、人生で初めて知った。

父は子供だった。

自分勝手で、わがままで、恐がりで、寂しがりで、

ぼくがいつもいつも我慢して、苦労させられて、

でも、

竜馬へ。――父より。

ぼくは愛されていた！　愛されていた愛されていた愛されていた！

決して分かりやすくはなかったけれど――

ぼくは泣いた。泣き続けた。

最後に、喉が疲れて、水が涸《か》れるように声が涸れた。

＊

「最後に、首里城《しゆりじよう》に寄ろうね」

おかあさんは、車を運転しながら、そう言った。

「今さら？　定番すぎるだろ」

ぼくがぶっきらぼうになったのは、大泣きした後の照れくささだ。

「いいじゃない、最後に定番どころっていうのも。それに、首里城よりは、首里城の近くに用があるの」

父の写真は、ダッシュボードにまたしまった。

写真集が出ることは、ない。

もう十八年も前に死んだ写真家だ。当時は多少名前が通っていたが、世界的に有名だったわけでもない。

亡くなってすぐならともかく、今さら出してもニーズはない。

ただ、写真集を編むはずだった写真は、遺された前書きは、ぼくらとおかあさんにとってだけ、意味がある。

「写真さぁ……」

ぼくは呟いた。

「俺が死んだら、棺桶に入れてよ」

「やぁだ、縁起でもない。リョウちゃんはまだまだ先の話でしょ」

それはどうかな、とぼくはもう思いはじめている。

三日間、携帯は鳴らない。

アドレス帳を見ても、三十二歳のぼくを取り囲む環境は何も思い出せない。

三十二歳のぼくは、どこで何をしているのか。

時折交錯する過去のこまっしゃくれたぼくは、沖縄がぼくに時間をくれたと言った。

タイムリミットは、恐らく三日。

今日が終わるとき、恐らくぼくは――

苦しい思いをしたんじゃなかったらいいな、とそれだけ思った。

不思議と、恐くはない。

母が待ち、父が待ち、やがておかあさんが来るところへ、行くだけだ。

札幌へ。そしてニライカナイへ。

「俺、もっとたくさん帰ってきたらよかったなぁ」

おかあさんが、そして父が愛した土地を、もっとたくさん見ておけば良かった。

感じておけばよかった。

「親父が死んだ後にさぁ」

ぼくは、助手席の窓の外を眺めながら呟いた。

「誰か、いなかったの」

「誰かって？」

「そりゃあ……」

ぼくは返事に困った。

誰か、いい人。

父のことを大好きだったおかあさんをそのままに受け入れて、一緒に人生を歩んでくれる人。

説明に言葉を連ねると、率直すぎるような気がした。

「そりゃあ、誰かさ」

「そうねえ」

おかあさんは、気のない相槌《あいづち》。

「まあ、そういうことを言ってくれる人がいなかったわけじゃないけど」

当然だ。おかあさんは、今でもきれいだ。

「いい人だなーって思ったけど」

結果として、おかあさんは、まだ一人だ。

「最後の恋は、お父さんでいいかなって」

父より揺り動かしてくれる人は、いなかったのだろう。

「リョウちゃんが、気にして沖縄を出て行ったのは知ってるけど」

図星を衝かれて、ぼくは押し黙った。

ぼくは、父が亡くなってからまもなく、大学進学を機に沖縄を出ようと考えるようになった。

早くおかあさんから離れようと思ったのだ。

それは、いろんな思い出や経験から導き出された答えだった。

まず、父への「どうしてくれるんだ」。

あんたのことを大好きなおかあさんを、どうやってぼくが一人で支えるんだ。——

ぼくには、無理だと思った。

そして、残波岬での父の慟哭《どうこく》を思い出した。

リョウが覚えてたら、思い出しちゃうじゃないか——

お母さんが死んだってことを、思い出しちゃうじゃないか！

おかあさんも、ぼくがいたら、思い出す。父を忘れることができない。

まだまだ若いのに、きれいなのに、引く手数多《あまた》なのに、新しい誰かと巡り会って、新しい人生を踏み出すことができるのに。

分骨のとき、祖母が呟いたことも少し。

あの人も、若いのに供養を背負って、大変だねぇ。

もし、新しい誰かと、新しい人生を踏み出すなら、父の供養は荷物だ。

そして、同様に、ぼくも荷物だ。

血が繋がっていればまだしも、ぼくたちは義理の親子だ。しかもたった四年。荷物としては、大きすぎる。

もし、おかあさんのことを好きになる人がいても、亡夫の墓付きかつ血の繋がっていない巨大なコブ付きという条件には、二の足を踏むだろう。

おかあさんは、父の供養は手放さない。だとすれば、せめて巨大なコブだけでも。

そう思ったのだ。

そして、沖縄を出てからはほとんど帰らなかった。年に一度、父の墓参りも、大学のときは部活、就職してからは仕事が忙しいと言い訳をして、日帰りで東京にとんぼ返った。

おかあさんを好きになる誰かへ。

ぼくは面倒なコブではありませんよ。ぼくのことで二の足を踏む必要はないですよ。

おかあさんが他の誰かと結婚したら、父の墓はぼくが引き取ろうと思っていた。

「ありがとうね」

おかあさんには、お見通しだったのだ。

だから、寂しがりながらも、日帰りで墓参りするぼくを引き止めようとしなかったのだろう。

「でも、おかあさん、最後の恋人はお父さんでいいから」

「……まだ、恋人なんだ？」

「夫だけど、恋人よ。まだまだ熱愛中だったんだもの」

当てられる。車内の気温まで、少し上がりそうだ。

「今でも好き。大好き」

やめてくれ。蒸し殺す気か。

「果報者だよな、親父は」

はっはっは！　どうだ、羨ましいか！

照れ隠しでぼくに勝ち誇る父の顔が思い浮かんだ。


高速は順調に流れて、やがて那覇インターに着いた。

高速を降りてから小渋滞に巻き込まれたが、首里城到着は三時過ぎ。

市営の駐車場に車を入れ、まずは守礼門《しゅれいもん》へ。

日本三大がっかりなどとは言われているが、どうしてなかなか、立派なものだ。真のがっかりを舐《な》めるなよ！

初めて守礼門へ来たとき、父が何故か勝ち誇っていたのを思い出す。

お父さんは、三大がっかりを全部見た！

北から順番に、札幌の時計台、高知のはりまや橋、沖縄の守礼門。しかし、これをがっかり順に並べると、高知のはりまや橋、札幌の時計台、沖縄の守礼門だというのが父の持論だった。

はりまや橋のがっかりぶりといったら、そりゃあもうすごいんだ。

『竜馬がゆく』が好きだった父は、今でいう聖地巡礼というやつだろうか、若いころ高知に何度も旅行したことがあったという。撮影旅行も、何度か組んだ。

名所と呼ばれるところで、あれ以上のがっかりはない！　がっかりオブがっかり、キングオブがっかりだ！

いくら何でも、高知の人が怒るんじゃないだろうか。——とそのときは思ったが、その後自分でも高知を訪れる機会があって、父の言ったことは正しかったと納得した。

アーケード街のそばをちょろちょろ流れる水路に、おんぼろの木の橋が残っているだけ。水路は川を埋め立てた名残で、単なる掘り下げ型の遊歩道になっており、水は更にその中の細い溝を流れているだけなのだ。

更に、はりまや橋の上には道路がかかり、完全に橋が道路の下に隠れている状態。歩道の端っこから遊歩道を覗き込んで、ようやく見える。

それまで、三大がっかりのひとつを擁する札幌生まれとして、時計台にはそれなりにがっかりの誇りを持っていたのだが、負けた。完膚《かんぷ》無きまでに打ちのめされた。

時計台は、周りの町並みが近代化して高い建物が増えたから埋もれてしまっただけで、建築物単体として見れば、レトロな風情も情緒もある。

真のがっかりとはこういうことか、と打ちひしがれたものである。

現在高知では、あまりのがっかりの不評を払拭せんと、はりまや橋の上にはりまや橋を復元？　再建？　した。復元とも再建とも言い難いのは、新しいはりまや橋が、元のはりまや橋を正確に再現したものではなく、イメージ再現したものだからだ。

がっかりの上にがっかりを重ねてどうする気だ、と県民からはツッコミの嵐だったらしいが、がっかりを追求し尽くしたという意味においては、三大がっかり観光地として結果的に正しい戦略だったのではないか。――と、無責任な外野は思ったりするのだが。

そして守礼門はといえば、札幌の時計台を自嘲して育った札幌人をしても、風格があって立派だと思った。

首里城もグスクの一種ではあるのだろうが、王宮であったためか雅やかな印象が先に立って、それほど武張ってはいない。

　しかし、遠目にはなだらかに見えて、意外と傾斜がきつい坂が、明確に城の機能を感じさせる。お年寄りにはきつい登坂になるだろう。

　坂を登り切って石門をくぐると、二坪《ふたつぼ》三坪《みつぼ》ほどの小さな森を石の塀で強固に囲った御嶽がある。塀の高さは人の背丈より高く、中を容易に窺うことはできない。

　神様の降りてくる場所だから、人目に触れないようにとしっかり囲ったのだろう。そして、囲うことが第一義なので、塀にも木戸にも何ら華美な装飾はない。質実剛健そのもの、簡素そのもの。いかにも沖縄らしい。

　再現された美しい正殿より、こうした簡素かつ強固な造りに、ぼくなどは沖縄独特の文化を感じる。内地と違う「神様との距離感」を表している。

　城内をゆっくり回って、昔は見張り台だった展望台へ。

　市内を見下ろし、海まで見渡せる。

　絶え間なく風が吹きつける。海から陸へ吹く風だ。

　自撮りで記念写真を撮っていたカップルの、彼女のほうの帽子が飛んだ。

　ちょうどこちらに飛んできたので、反射でキャッチ。

「ありがとうございます！」

　彼氏のほうが受け取って、礼儀正しく礼を言った。彼女もぺこり。

「よかったら、シャッター押しましょうか」

おかあさんがそう申し出たのは、ガイドとしての習性だろう。

カップルはありがとうございますと声を揃えて、おかあさんは彼氏から受け取ったスマホで写真を撮った。

さよならと挨拶を交わして別れる。

「あの辺りが家かしら」

おかあさんが、手すりから身を乗り出した。特別な親切をしたという気持ちはなく、当たり前の仕草を終えた後のようだった。

おかあさんらしいな、と思った。

ふと思いついて、

「アンマー」

そう呼びかけてみた。

おかあさんは、鳩が豆鉄砲を食らったような顔をした。

「アンマーは、そういうところが素敵だね」

おかあさんは、豆鉄砲をもう一発食らったような顔をした。そして、

「どうしたの？」

とても怪訝そうな声で、そう訊いた。

どうしたのって……と、こっちも戸惑う。

「沖縄で、お母さんのことをアンマーって言うんだろ？」

「確かに、それはそうだけど……」

おいおいおい。思ってたのと違うぞ。

おかあさんのこと、アンマーって呼んであげたら喜ぶんじゃないかな。

夢の中で、こまっしゃくれたぼくはそう言っていたはずなのに。

「でも、もうあんまり使わない言葉よ。年配の人が、すごく特別なときに大事に使う言葉だけど。おかあさんの世代でも、お母さんのことをアンマーとは言わないわ」

やられた！　クソガキめ！

顔が熱くなるのが分かった。ぼくは、完全に一杯食わされた。

「いや、あの……やちむんのカフェでアンマー写真展って見たじゃん。それで、沖縄の言葉でおかあさんって呼んだら喜ぶかなって……」

しどろもどろにそう言い訳したぼくに、おかあさんは声高く笑った。

「やぁだ、リョウちゃんったら！　ロマンチックね！」

けらけら笑って、ぼくは身の置き所がない。

だが、おかあさんは、一頻《ひとしき》り笑ってから、「ありがとうね」と言った。

「気持ちは、とても嬉しいわ」

いたたまれない。

ゆっくり回ったので、首里城を出るまで、小一時間ほどかかっただろうか。

おかあさんは、市営駐車場を素通りして、向かいの石畳の道に向かった。

石畳は、下り坂。

「おかあさん的には、こっちがメインなの。リョウちゃんとは来たことがなかったなって」

確かに、首里城はあまりにも定番すぎて、沖縄に住んでいたらきちんと訪れることはそれほどない。ぼくも家族で来たのは一度だけ。東京の人が東京タワーに登らないようなものだ。

この石畳は、知らなかった。

下りはじめはゆるやかだったが、すぐ勾配がきつくなった。何かというと急勾配に走るのは、沖縄の史跡や設備の特徴か。

きれいに切り出した石で組んだ階段などは、ぼくでも腿《もも》の上げ下げがきついレベルで、年輩の人など途中で疲労遭難しそうだ。杖があったほうが無難だろう。

ほどなく、細路地のような脇道にそれた。――これはまた。

道というより山道に近い。石で階段は敷いてあるものの、石組みはとても荒っぽく、隙間に土の地面が見えている。道の両脇には、雑草がぶいぶい。

傾斜も本筋の道とは比べ物にならないきつさで、転んだら一気に下まで転がり落ちていきそうだ。ユーザーユーティリティとか安全性という概念は、潔いほどすっぱりと、ない。

道の両脇には民家が建っていたが、裏道としてこの道を使うための木戸や裏口は、壁やフェンスに切っていない。確かに、生活用の道としては、現代ではあまりに人に厳しすぎる。

山道と獣道を足して二で割ったような道が、突如として住宅街のただ中に現れるという非日常感も、沖縄ならでは。

地の底へ切り込んでいくような長く険しい階段を、ぼくとおかあさんはゆっくりと降りた。言葉を交わす余裕は、あまりない。

アラフィフのおかあさんにはきついだろうし、お年寄りにはもっとお勧めしない。

下りが一段落すると、左手に木々の生い繁った広場があった。

広場というより、少し地面の開けた森が忽然《こつぜん》と現れた、というほうが近いかもしれない。

「こっちよ」

おかあさんが、先に立って入る。入り口のところに石の簡素な御嶽があって、これまた簡素な説明書きの看板がある。

地元の人が聖なる気配を感じて祀っており、それを王朝に御嶽として認めてくれるように願い出たというような由来が書いてあった。今では個人が管理しているらしい。

奥へ行くと、綱などを張っているわけではないが、ここからは別の広場だと分かるこぢんまりとした広場がある。

その、奥の広場へ一歩踏み込むと、——何だろう、これは。

風はない。空気は動いていない。

しかし、明らかに、上へと流れる気配があった。

場に満ちた神聖な空気が、目に見えず、皮膚に感じられない上昇気流を作っている。

頭のてっぺんを、糸で吊られているような、背筋が伸びる感覚。

その、広場の奥に、首を真上に向けて見上げるような、大きな大きなアカギの木。

清浄な空間だった。どんな無神論者でも、ここは神聖な場所だと一瞬で認めるしかないような。

神様がいるのかどうか、スーパーナチュラルな存在があるかどうかは横へ置いて、自然の中には人智を超えた神聖があるのだと、脳ではなく脊髄《せきずい》に叩き込まれる。

脊髄に叩き込まれて、神経に載って、全身に回る。

「お父さんと、よく来たの」

知らなかった。

おかあさんは、ごめんねと笑った。

「お父さんとおかあさんの、特別の場所だったの」

お子様、立ち入り禁止。ということか。

「いいよ」

まだ恋愛の最中だった父とおかあさんには、そういう場所が必要だっただろう。

特別の、二人だけの秘密の場所。

「ぼくは呪いにかからないから結婚してくださいって、ここで言ってくれたのよ」

分かるような気がした。

恐がりで寂しがり屋な父は、傷つくことをいつも恐がっていた。

おかあさんと会ったときは、もうおじさんだった。母と出会った頃のような、若者特有の無茶な勇気も尽きていただろう。

沖縄に通って、デートに誘って、一生懸命気持ちをアピールしても、きっと相手のほうも好きだと思える瞬間があっても、
自分の手が届くと信じられないような、高嶺《たかね》の花のようにきれいな女性に、大きなコブつきの父がプロポーズするのは、大変なハードルだったに違いないのだ。

きっと、この場所の力を借りたのだ。

この、訳の分からない、やみくもに清浄な場所の力を。

「ここで、結婚式を挙げたんだって思ってる」

おかあさんは、「思わず『はい』って言っちゃったのよ」と子供の頃のぼくにそう話した。

父とおかあさんは、入籍だけで、結婚式はしなかった。

でも、気持ちを伝えて、応えた時点で、心の結婚式はもう成立していたのだ。

結婚式は、清浄な、神聖な場所でやるものだから。

「大人になったリョウちゃんと来たかったの」

「どうして？」

「あのね」

おかあさんは、恥ずかしそうに笑った。

「おかあさんの大好きな絵本があってね」

それなら知っている。両親の寝室の本棚の隅に、ひっそりささっていた。

薄い、大判の絵本だ。

漫画のような大らかな線の絵が表紙だった。

ぼくは、もうとっくに絵本を読む年ではなかったので、開いてみようと思ったことはなかった。

大人になってから、読む機会があった。

漫画のようにコマを割った不思議な読み心地の絵本で、でも、きりきり胸に刺さるフレーズがたくさん散りばめられていた。

ぼくは、泣いた覚えがある。

「人生の最後に短い恋をした女の人が、おばけになって、好きな人の子供の頃を見にくるっておはなしでね」

わたしたち、とても短い恋をしたの。

そんなフレーズがあった。

とても短い恋。まるで――

まるで、父とおかあさんのような、

「その絵本を描いた人が、言ってたの。男の子を育てるっていうことは、好きな人の子供の頃を見られるっていうことだ、って」

「……ぼくは、あんまり似てないよ」

父よりは大人たれと心がけていた。

「それでも、似てた。思い込んだときの無闇な行動力とか」

北海道に帰ろうとして、郵便局でお金を引き出そうとしたときのことか。

「仕草とか、表情とか、ちょっとしたときに出てくる言葉とか」

さっきも、とおかあさんは、感極まったように一瞬言葉を失った。

「……沖のリーフの白波を、竜みたいだって言ったでしょう」

困り者の、大きな子供だったけど、ぼくはやっぱり父のことが好きで、だから、ぼくの人格の基盤には、やっぱり父がいるのだろう。

「リョウちゃんのおかげで、わたしが見られなかった、子供の頃のカツさんが見られたの」

焼けつくような後悔が襲った。

ぼくはばかだ。ぼくはばかだ。ぼくはばかだ。

ぼくにもお母さんを選ぶ権利がある。

小賢しく父を言い負かそうとした浅知恵は、あの頃からひとつも変わっていない。

小知恵を回して、おかあさんの新しい人生なんて気兼ねしている場合ではなかった。

おかあさんは、自分と出会う前の父を見たかったのだから、ぼくはもっともっと、おかあさんのそばにいればよかったのだ。

寂しさを我慢して、無理して沖縄に帰るのを慎んだりしなくてよかったのだ。

あなたのために身を退きますなんて、昔の演歌のようなヒロイズムに浸って。

大ばかものめ。

もう、取り返しがつかない。

たった一度の奇跡を、ここで使ってよかったのかって後悔するかもよ。

夢で逢ったぼくの言葉が蘇る。

後悔するときが来たら、苦しむさ。

言うは易く行うは難し。取り返しのつかない後悔というのは、一体何て苦いのか。
苦くて、苦くて、涙が出る。
おかあさんの姿が、涙で歪んだ。
涙の向こうに、花が咲くような笑顔。
「カツさんが大好き。リョウちゃんが大好き。二人とも愛してる」
場に満ちた神聖な気配が、強まった。
ますます強く、強く、強く、
見えず感じない上昇気流を、
三日目が、終わる。
日付が変わるのを待たずに、ここで。
「待ってくれ！」

ぼくは思わず叫んだ。

いくら沖縄が慈悲深くても、これ以上はきっと許さない。

そう言われていたにも拘らず。

まだ死ねない。

おかあさんに、もっと出会う前の父を見せてやらなくては。

今さら命が惜しいわけじゃない、でも、父がおかあさんに会った年まで生きさせてくれ。

父が死んだ年になったらあっさり死ぬから。

「俺は、おかあさんにまだ何もしてあげてない！」

視界がにじんだ。すべてがぼやける。

おかあさんの笑顔が遠く。

おかあさんは笑ったまま、
大丈夫よ。

そう言った。

リョウちゃんは、おかあさんの一番の願いを、叶えてくれたじゃないの。

そんなものは、叶えた覚えが――
気持ちがじたばたあがいている内に、
世界がふっと溶けてなくなった。

＊

「お父さん」

呼びかける声に、ぼくは反応しなかった。

ぼくが呼ばれていると思わなかったのだ。

「お父さんったら」

はっと気づいて、振り向くと、妻の里子《さとこ》が広場に入ってくるところだった。

黒いツーピースに、真珠のネックレス。

「びっくりしたわ、急に待合い室を出て行っちゃうから」

と、その後ろから、小さい男の子を抱っこした金ちゃんもやってきた。

「お前よう」

呆れたように、第一声。

「車まで出して、何こんな足場の悪いとこに潜り込んでんのさぁ」

金ちゃんも、黒の礼服。ネクタイも黒。

気づくと、自分も同じ身なりをしていた。

金ちゃんに抱っこされた男の子が、里子のほうへ手を伸ばす。

「克馬《かつま》、母ちゃんのほうがいいってよ」

里子が克馬を受け取る。

その名前は——ぼくの名前と父の名前を、分かりやすく足したその名前は、おかあさんが付けた。

「ほれ、戻るぞ」

金ちゃんが、来い来いと手招きをした。

「そろそろ、おばちゃんのお骨が上がるぞ」

里子から克馬を受け取りながら、ぼくの思考は完全に停止していた。

言葉が、何も出てこない。

現実感が、追い着いてこない。

腕に抱いた克馬の重みだけが、ぼくをこの世に繋ぎ止めていた。

里子と金ちゃんは、ぼくが悲しみにくれているのだと勝手に解釈してくれたらしい。

黙ったままのぼくに、言葉を促すことはなかった。

市営駐車場で、ぼくたちは水色の軽に乗り、金ちゃんは自分の車に乗った。

運転は、里子が引き受けてくれた。克馬は後部座席のチャイルドシートで、ぼくはその隣。

——この車は、首里城に来るまで、おかあさんが運転していたはずだ。

里子の話によると、ぼくはお骨が焼き上がるまでの待ち時間に突然外へ出て行ったという。声をかけても振り向かず、車に乗って、車を出した。

里子たちは、金ちゃんの車で追いかけてきたという。

混乱した記憶は、整わなかった。

整わないまま、焼き場に着いた。

お骨上げには、間に合った。

両親を早くに亡くしたおかあさんは親戚が少なく、葬儀には勤め先の人はたくさん来たが、お骨上げはぼくたちと金ちゃんだけだった。

お骨は、冗談みたいにからりと焼き上がっていた。

一緒に入れたものは、みんな灰になって、跡形もなかった。

写真。気に入っていた服や小物。お気に入りだったお菓子。好きだった本。――そして、

花が咲き乱れ、鳥が飛び交う複雑な柄を鮮やかに染めた、くたびれた紅型の手提げ。

長い箸で、かろかろと軽いお骨を拾っていく。里子は克馬を見ていないといけないので、拾うのはぼくと金ちゃんだけだ。

だから、ずいぶん時間がかかった。父のときと同じように。ぼくとおかあさんだけで、せっせと拾った。

喉仏ほか、特別な骨を説明されるのも、あの日と同じ。

この三日間は、何だったんだ?


答えは、お骨を拾っている間には、出なかった。

おかあさんは、心筋梗塞《しんきんこうそく》だったらしい。

出社してこなくて、会社の人が家を訪ねて、分かったという。

ベッドの中に、静かに横たわっていたそうだ。

布団に、乱れはなかったという。文字どおり眠るように逝ったのだろうというのが死亡診断書を書いた医師の見立てで、それだけが心を安らげた。

金ちゃんとは、焼き場の駐車場で別れた。

金ちゃんは、「よく寝ろ」と言って、ぼくの背中を叩いた。

お骨を連れて、家に帰る。運転は、やはり里子。ぼくは克馬のチャイルドシートの隣。

お骨は、ぼくの膝の上。

むずかる克馬に習性のようにアンパンマンの絵本を読んだ。克馬が生まれてから、おかあさんの車の後部座席には、いつも絵本が載っていた。

膝にはお骨が載っているので、克馬に見えやすいようにページをめくるのに、若干手こずった。

家に着くと、小太りのシーサーとキモいシーサーが、玄関先で出迎える。

仏壇の写真立てに、開けっぴろげな父の笑顔。——この写真はおかあさんが撮ったのだったか、ぼくが撮ったのだったか。

こんなに開けっぴろげに笑っているのだから、どちらかであることは確かだ。

克馬がじゃれてくると、習性のようにかまったが、里子には甘えた。——すなわち、訊かれたことに、ああとかうんとか答えるだけ。

この三日間は、夢だったのか。

誰も答えてはくれない。

三十二歳のぼくの記憶は、つらつら追い着いてきた。

ぼくは、東京の出版社に勤める編集者。部署はビジネス新書。

里子とは、取材先で出会った。銀座にある、高知県のアンテナショップ。

地産地消について書いている作者の本を出したとき、このアンテナショップも取材したのだ。里子は、二階のレストランの仕入れ担当だった。

潑剌《はつらつ》としてよく笑い、取材の受け答えも打って響くようだった。

好感度は、出会ったその日にＭＡＸ。

それからぼくは、レストランにしょっちゅう通った。通って、通って、通い詰めて、デートに漕ぎつけた。ぼくの名前も、高知県人だった里子に好アピールになったかもしれない。

猛烈なアタックぶりは、我ながら父を彷彿とさせた。

父が母を射止めて、おかあさんを射止めたように、ぼくもどうにかこうにか里子を射止めた。

結婚を決めたとき、おかあさんに挨拶するために、初めて沖縄に連泊で帰った。

そのときも、三日間だった。

おかあさんは、沖縄が初めてだった里子を張り切って案内して、里子をとても気に入ってくれた。

リョウちゃんの選ぶ人なら、間違いないわ。

会う前からそう太鼓判を押していたが、そのとおりになった。

三年して、子供が生まれた。

名付けは、おかあさんに頼んだ。

血の繋がらないおかあさんに、戸籍以外で、家族ならではのことをさせてやりたい。

里子は、快く頷いてくれた。――いい嫁さんをもらった。

子育て支援で、おかあさんはよく東京に来てくれた。

だが、克馬が小さいこともあって、なかなか沖縄には帰らなかった。

家庭を持ったぼくは、もうおかあさんのコブとしてそんなに大きくはなかったはずだが、日頃の忙しさについかまけて、上京してくれるおかあさんに甘えた。

記憶は、大体埋まった。

この三日間だけ、埋まらない。

おかあさんが亡くなった報せを受けて、家族で沖縄に飛んだはずだが、今日までのことは思い出せない。

おかあさんと沖縄を旅した記憶しか、ない。

里子によると、ぼくは葬儀を出す間、しっかりしていたという。

焼き場に着いて、おかあさんを炉に入れてから口数が減って、ふらりと外へ出たという。

空白は、その小一時間の間だけだと。

あるいは、その小一時間で、ぼくは長い長い夢を見ていたのか。

あんな濃密な三日間を、わずか小一時間で?

ぼくの前に時折現れた、昔のぼくたちは。

こまっしゃくれて説教を垂れた、昔のぼくは。

ぼくにぶん殴られて泣きじゃくった、残波の父は。

そして――

カツさんが大好き。リョウちゃんが大好き。二人とも愛してる。

そう言って、花が咲くように笑ったおかあさんは。

全部、幻だったというのか――

夕食は、仕出しを取った。

ぼくは、ぼんやりビールを飲んでいた。

里子が、克馬にごはんを食べさせる。仕出し弁当の中から子供が食べられるおかずを選って。

克馬は、途中で食べ飽きた。

里子がちょっと目を離した隙に、食卓を逃走。

「だめよ」

里子の叱る声で顔を上げると、克馬が仏壇と壁の隙間に手を突っ込んでいた。細い隙間に手を入れたがる癖が、何故だかあった。

「ほら」

里子が引き戻すと、克馬の手が隙間から、固い紙を引っ張り出した。

克馬が悪さをする前に、里子がそれを取り上げる。

色紙だ。

「あら……」

里子の顔がほころんだ。

「あなた、いつこんなの描いてもらったの？」

——息が止まった。

ぼくのほうに向けられた色紙には、漫画調のタッチで、おかあさんとぼくの似顔絵が描かれていた。

斎場御嶽で、金髪の駆け出しアーティストに描いてもらった、あの似顔絵だ。

夢ではなかった。

一体どこから。

一体いつから。

はっと気づいて、ぼくは外へと駆け出した。玄関で車の鍵を引ったくり、ガレージへ。

夢ではないとしたら、

もどかしく助手席側のドアを開け、ダッシュボードを開ける。
分厚い大判の封筒！
震える手で中身を出すと、四つ切りの写真。
昼間見た、父の遺した――室内灯の下で慌ただしく繰っていくと、
最後に、

竜馬へ。――父より。

夢ではなかった！
ああああ――ああああああ！
昼間のように、大泣きした。
ぼくが父に愛されていた証拠は、おかあさんと旅をした証拠は、残っていた！
一体どこから。
一体いつから。
そんなことはもうどうでもいい。
慈悲深い沖縄は、ぼくに時間をくれたのだ。
思い残しがないように。

いつのまにか、泣き声が二重唱になっていた。
克馬が、泣いている。里子の腕に抱かれて。
ぼくの大泣きに釣られたのだろう。
ふと、おかあさんの声が蘇った。

リョウちゃんは、おかあさんの一番の願いを、叶えてくれたじゃないの。

血は繋がっていないけど、ぼくは、おかあさんに孫を抱かせてやれたのだ。
きっと、赤ん坊の頃の父の面影も持っている、克馬を。
おかあさんを、赤ん坊の頃の父に、会わせてやれたのだ。
「あなた……」
里子が気遣ってくれたが、泣き声は止まらなかった。
うわーん。うわーん。うわーん。
克馬と二重唱で、夜に響く。
二人で泣いて、泣いて、泣き続けて、
克馬が寝落ちし、ぼくは喉が疲れて、水が涸れるように声が涸れた。

里子は、何も訊かずにいてくれた。
家の中に戻る。
畳に放り出された似顔絵が出迎えた。
似顔絵を頼んだときのことが蘇る。
サービスしますよ、と占いをつけた。
おかあさんの手相を観て、長生きしますよ、と――
ヘボ占い師め。
だけど、おかあさんと旅した証拠をくれて、ありがとう。
里子が、客間で克馬を寝かしつけてから、戻ってきた。
ぼくは、泣き腫らして瞼《まぶた》が熱くぼったりしていた。
「……あのさ」
「なぁに？」
「沖縄に、移住していいか」
元々、ぼくはそのために編集者になったのだ。
沖縄には産業が少なく、家業がない人間のUターン就職は難しい。
だが、沖縄には、沖縄独自の小さな出版社や編集プロダクションが、たくさんある。
編集者だったら、戻れるかもしれない。

そう考えて、ぼくは編集者を目指したのだ。

だってぼくは、いつかおかあさんが他の誰かと新しい人生を踏み出したときに、父の墓を引き受けなくてはいけないと思っていたのだから。

「いつか、そうなると思ってた」

里子は、そう言って、笑った。

いい女だ。

親父。俺の嫁さんも、なかなかのもんだろう？

車から持って戻った写真を、ぼくは大事に仏壇にしまった。——ここが一番、安全だ。

仏壇の前に設《しつら》えた小さな祭壇に、おかあさんのお骨。そして、仏壇の中には、——開けっぴろげな笑顔の父。

二人に守られている。

いつか、自費出版でいいから、写真集を出そう。

おかあさんも、きっと見たかったはずだ。

……その夜、極彩色の夢を見た。

コバルトブルー。
ターコイズブルー。
エメラルドグリーン。
沖の藍色。
陰影をつけるリーフ。
一転して、
暗く沈んで灰色に泡立つ海。
伸び上がる大鯨に化けもの鯨。
そしてまた一転、
青。青。青。
あらゆる階調の、青。
そして、沖に戯《たわむ》れる、幾頭もの、竜。

父がはしゃいで写真を撮り、おかあさんが笑い、ぼくも笑い、
里子が笑って、克馬が笑っていた。
家族全員で、ただただ、楽しそうに、幸せそうに、笑っていた。

その光景は、いつかニライカナイで、現実のものとなるだろう。

*

ここから先は、ただのおまけだ。

ぼくは、沖縄で就職活動をして、結局、おかあさんの勤めていた会社に入ることになった。

ぼくの就職活動を知った社長が、東京まで乗り込んできたのだ。

知らない仲じゃないのに、水くさい。そう怒っていた。

何で相談してこなかったと責められて、「だって、ぼくはガイドはできませんよ」と答えた。

ガイドブックを作る傍らガイドをしているのか、ガイドをする傍らガイドブックを作っているのか、どちらかよく分からない会社であることは、おかあさんを見ていて知っている。

おかあさんは、ほとんどガイドだった。

専門の編集者がいたほうが、作る本がプロっぽくなっていい。

社長は、そんな恐ろしいことを言った。今まで、プロではなかったのかと突っ込みたい。確かに、手作り感あふれる本ばかり作っていたが。

おかあさんが亡くなってから半年ほどして、ぼくたち一家は沖縄に移住した。実家があるから、正確には移住とは言わないのかもしれないが、気分的には移住だった。

そうして、それから数年して、ごく少部数だが、父の写真集が会社から出た。

カツさんにはお世話になったし、晴子さんも喜ぶだろうから、という社長の計らいだった。

見本ができたとき、さっそく仏壇に供えた。

仏壇には、花咲く笑顔のおかあさんの写真が増えている。カメラマンは、もちろん父。

まるで、恋する少女のような笑顔。

俺が、一番美人に撮れる。

いつだったか、そんな自慢をしていた。

里子はレストランでパートをしていて、克馬はもう小学生になる。

写真集は、信じられないことに、一回だけ重版がかかった。

カメラマンは、二十年以上前に亡くなっていて、知名度のフックはない。純粋に、写真の力と、地元本を丁寧に扱う沖縄の書店の力だ。

父の考えたタイトルも、よかったのだろう。

『竜の守る島』――編集者として、ぐっと来た。

仏壇で、父が笑い、おかあさんが笑い。
居間で、克馬が笑い、里子が笑い、ぼくが笑う。
そうして、沖縄の一家は、幸せに、幸せに暮らしましたとさ。

Fin.

参考文献一覧

・沖縄の野山を楽しむ　植物の本　改訂（屋比久壮実／アクアコーラル企画）
・沖縄の野山を楽しむ　野草の本（屋比久壮実／アクアコーラル企画）
・沖縄の野山を楽しむ　海岸植物の本（屋比久壮実／アクアコーラル企画）
・琉球弧　野山の花（大野照好監修・片野田逸朗／南方新社）
・沖縄時間　vol.1　別冊RCFan　1冊まるまる趣味本シリーズ⑦（自遊舎）
・沖縄いろいろ事典（ナイチャーズ編・垂見健吾／新潮社）
・オキナワなんでも事典（池澤夏樹編／新潮文庫）
・週末沖縄でちょっとゆるり（下川裕治・阿部稔哉写真／朝日文庫）
・ヌーヤルバーガーなんたることだ　沖縄カルチャーショック（浦谷さおり／西日本出版社）
・うりひゃー！　沖縄～行っちゃえ！　知っちゃえ！　おまかせガイド～（アジア光俊文・よねやまゆうこ絵／光文社知恵の森文庫）
・ガイドブックには載っていない　本当は怖い沖縄の話（神里純平／彩図社）
・改訂ジュニア版　琉球・沖縄史　沖縄をよく知るための歴史教科書（新城俊昭／編集工房東洋企画編）
・沖縄の年中行事　方法と供え物　御願のグイス（高橋恵子／那覇出版社）
・知っておきたい沖縄の法事と供養　仏壇ごとのしきたりと方法（高橋恵子／ボーダーインク）
・沖縄の聖地　拝所と御願（湧上元雄・大城秀子／むぎ社）
・沖縄の迷信大全集1041（むぎ社編集部編著／むぎ社）
・ユタとスピリチュアルケア　沖縄の民間信仰とスピリチュアルな現実をめぐって（浜崎盛康編著／ボーダーインク）
・枝元なほみの沖縄ごはん（枝元なほみ／オレンジページブックス）

・おばぁの畑で見つけたもの　土と海と人が育てた沖縄スローフード（金城笑子／女子栄養大学出版部）
・百年の食卓　おばぁとおじぃの暮らしとごはん　沖縄・大宜味村（金城笑子監修／手手編集室）
・まっぷる　沖縄　ちゅら海ドライブ（昭文社）
・まっぷる　沖縄へでかけよう（昭文社）
・ことりっぷ　石垣・竹富・西表・宮古島（昭文社）
・旅するキーワード　沖縄　沖縄うんちくガイド（下川裕治監修・旅するキーワード取材班編著／双葉社）
・いけちゃんとぼく（西原理恵子／角川文庫）

本書は、二〇一六年七月に小社より刊行されました。

|著者|有川ひろ　高知県生まれ。2004年『塩の街 wish on my precious』で「電撃ゲーム小説大賞」を受賞しデビュー。同作と『空の中』『海の底』の「自衛隊三部作」、「図書館戦争」シリーズ、「三匹のおっさん」シリーズをはじめ、『阪急電車』『植物図鑑』『県庁おもてなし課』『空飛ぶ広報室』『旅猫リポート』『明日の子供たち』『アンマーとぼくら』（本書）など著書多数。2019年に「有川浩」より「有川ひろ」に改名、以降の著書に「倒れるときは前のめり」シリーズ、『イマジン？』がある。

アンマーとぼくら

有川《ありかわ》ひろ

2020年8月12日第1刷発行

講談社文庫

定価はカバーに
表示してあります

発行者――渡瀬昌彦
発行所――株式会社　講談社
東京都文京区音羽2-12-21　〒112-8001
電話　出版（03）5395-3510
　　　販売（03）5395-5817
　　　業務（03）5395-3615

デザイン―菊地信義
本文データ制作―講談社デジタル製作
印刷―――凸版印刷株式会社
製本―――株式会社国宝社

Printed in Japan

ISBN978-4-06-520639-3

講談社文庫刊行の辞

二十一世紀の到来を目睫に望みながら、われわれはいま、人類史上かつて例を見ない巨大な転換期をむかえようとしている。

世界も、日本も、激動の予兆に対する期待とおののきを内に蔵して、未知の時代に歩み入ろうとしている。このときにあたり、創業の人野間清治の「ナショナル・エデュケイター」への志を現代に甦らせようと意図して、われわれはここに古今の文芸作品はいうまでもなく、ひろく人文・社会・自然の諸科学から東西の名著を網羅する、新しい綜合文庫の発刊を決意した。

激動の転換期はまた断絶の時代である。われわれは戦後二十五年間の出版文化のありかたへの深い反省をこめて、この断絶の時代にあえて人間的な持続を求めようとする。いたずらに浮薄な商業主義のあだ花を追い求めることなく、長期にわたって良書に生命をあたえようとつとめるところにしか、今後の出版文化の真の繁栄はあり得ないと信じるからである。

同時にわれわれはこの綜合文庫の刊行を通じて、人文・社会・自然の諸科学が、結局人間の学にほかならないことを立証しようと願っている。かつて知識とは、「汝自身を知る」ことにつきていた。現代社会の瑣末な情報の氾濫のなかから、力強い知識の源泉を掘り起し、技術文明のただなかに、生きた人間の姿を復活させること。それこそわれわれの切なる希求である。

われわれは権威に盲従せず、俗流に媚びることなく、渾然一体となって日本の「草の根」をかたちづくる若く新しい世代の人々に、心をこめてこの新しい綜合文庫をおくり届けたい。それは知識の泉であるとともに感受性のふるさとであり、もっとも有機的に組織され、社会に開かれた万人のための大学をめざしている。大方の支援と協力を衷心より切望してやまない。

一九七一年七月

野間省一

講談社文芸文庫

多和田葉子
ヒナギクのお茶の場合／海に落とした名前
解説＝木村朗子　年譜＝谷口幸代

パンクな舞台美術家と作家の交流を描く「ヒナギクのお茶の場合」（泉鏡花文学賞）、レシートの束から記憶を探す「海に落とした名前」ほか全米図書賞作家の傑作九篇。

たＡＣ６
978-4-06-519513-0

多和田葉子
雲をつかむ話／ボルドーの義兄
解説＝岩川ありさ　年譜＝谷口幸代

読売文学賞・芸術選奨文部科学大臣賞受賞の「雲をつかむ話」。ドイツ語で発表した後、日本語に転じた「ボルドーの義兄」。世界的な読者を持つ日本人作家の魅惑の二篇。

たＡＣ５
978-4-06-515395-6

講談社文庫　目録

赤坂憲雄　岡本太郎という思想
有川　浩　三匹のおっさん
有川　浩　三匹のおっさん ふたたび
有川　浩　ヒア・カムズ・ザ・サン
有川　浩　旅猫リポート
有川ひろ ほか　ニャンニャンにゃんそろじー
荒崎一海　無流心月剣〈宗元寺隼人密命帖㈠〉
荒崎一海　幽霊の足〈宗元寺隼人密命帖㈡〉
荒崎一海　名花散る〈宗元寺隼人密命帖㈢〉
荒崎一海　江都落涙〈宗元寺隼人密命帖㈣〉
荒崎一海　門前仲町〈九頭竜覚山　浮世綴㈠〉
荒崎一海　蓬莱橋雨景〈九頭竜覚山　浮世綴㈡〉
荒崎一海　寺町哀感〈九頭竜覚山　浮世綴㈢〉
荒崎一海　小《お》名《な》木《き》川《がわ》〈九頭竜覚山　浮世綴㈣〉
浅野里沙子　花篝《はなかがり》 御探し物請負屋
朱野帰《かえ》子《こ》　駅物語
東　浩紀　一般意志2・0〈ルソー、フロイト、グーグル〉
朝倉宏景　白球アフロ
朝倉宏景　野球部ひとり

朝倉宏景　つよく結べ、ポニーテール
安達　瑶　奈落の花〈堕ちたエリート〉
朝井リョウ　スペードの3
朝井リョウ　世にも奇妙な君物語
足立　紳　弱虫日記
有沢ゆう希　ムサヲ 原作　恋と嘘〈映画ノベライズ〉
有沢ゆう希　末次由紀 原作　〈小説〉ちはやふる 上の句
有沢ゆう希　末次由紀 原作　〈小説〉ちはやふる 下の句
有沢ゆう希　末次由紀 原作　〈小説〉ちはやふる 結び
有沢ゆう希　ろびこ 原作　〈小説〉となりの怪物くん
有沢ゆう希　小説 パーフェクトワールド〈君といる奇跡〉
蒼井凜花　女唇《ルージュ》の伝言
秋川滝美　幸腹《こうふく》な百貨店
秋川滝美　幸腹な百貨店〈デパ地下おにぎり騒動〉
秋川滝美　幸腹な百貨店〈催事場で蕎麦屋呑み〉
東　芙美子　原作 雲田はるこ　脚本 羽原大介　小説 昭和元禄落語心中
赤神　諒　神遊の城
彩瀬まる　やがて海へと届く
浅生　鴨　伴走者

天野純希　有楽斎の戦
五木寛之　ソフィアの秋
五木寛之　狼のブルース
五木寛之　海峡物語
五木寛之　風花のひと
五木寛之　鳥の歌㊤㊦
五木寛之　燃える秋
五木寛之　真夜中の望遠鏡〈流されゆく日々'78〉
五木寛之　ナホトカ青春航路〈流されゆく日々'79〉
五木寛之　旅の幻燈
五木寛之　他力
五木寛之　こころの天気図
五木寛之　新装版 恋歌
五木寛之　百寺巡礼 第一巻 奈良
五木寛之　百寺巡礼 第二巻 北陸
五木寛之　百寺巡礼 第三巻 京都Ⅰ
五木寛之　百寺巡礼 第四巻 滋賀・東海
五木寛之　百寺巡礼 第五巻 関東・信州
五木寛之　百寺巡礼 第六巻 関西

2020年6月15日現在